14歳のための
シェイクスピア
Shakespeare
for 14-year-olds
木村龍之介
RYUNOSUKE KIMURA
大和書房

JN226610

14歳のためのシェイクスピア

PROLOGUE

プロローグ

みなさん、こんにちは。

私は、木村龍之介と申します。

シェイクスピア作品を中心に、舞台を演出する仕事をしています。

シェイクスピアのことばに、俳優やスタッフたちと一緒にエネルギーを吹き込み、誰も見たことのない世界（舞台）をつくる、という仕事です。


みなさんは、シェイクスピアという人を知っていますか？

名前は聞いたことがあるかもしれません。

16～17世紀を生きた劇作家で、『ロミオとジュリエット』『ハムレット』『マクベス』『リア王』といった作品を知っていたり、あるいは読んだことがある、舞台や映画で観たことがある、という人もいるでしょう。

作品そのものを読んだことがなくても、映画の『ウエスト・サイド・ストーリー』や、ディズニーアニメの『ライオン・キング』など、シェイクスピアの作品がもとになったり、そこから影響を受けた作品を知らないうちに観たことがあるかもしれません。「生きるべきか、死ぬべきか、それが問題だ」「ああ、ロミオ、ロミオ、どうしてあなたはロミオなの?」といった有名なセリフを覚えている人もいることでしょう。

ただ、かなり昔に生きた人物ですし、そのことばは、今の話しことばとは違っています。古めかしい、難しいイメージがあるかもしれません。

でも、考えてみてください。

シェイクスピアが生きた時代から、400年以上が経っています。それだけ長い時間経っても、いまだにほとんどの人が名前を知っていて、かつ、その作品の名前も聞いたことがある、なんならストーリーやセリフも知っている。これはかなり、というかめちゃくちゃすごいことです。

シェイクスピアは今も、多くの人にとってバイブルのような存在です。

脚本家の三谷幸喜さんは、大ヒットした大河ドラマ『鎌倉殿の13人』をつくるにあたって、シェイクスピアの『ヘンリー四世』などの作品を読み返して参考にしたと語っています。

あるいはウクライナのゼレンスキー大統領は、ロシアによるウクライナ侵攻がはじまった2022年にイギリス議会での演説で、「生きるべきか死ぬべきか。今私ははっきりと答える。生きるべきだ」と、『ハムレット』のことばを引用して世界に訴えかけました。

エンターテインメントの世界においても、政治経済あるいはビジネスの世界においても、シェイクスピアの作品とことばは、形を変えて、あるいは当時の形そのままで「今」のことばとして生き続けています。

ちょっと興味あるかも、でも難しそう……本書はそんなちょっとだけシェイクスピアに興味を持ったあなたに向けて書かれています。

その名も、「14歳のためのシェイクスピア」です。

大丈夫です。本当に「14歳」でなくても構いません（もちろん、本当に14歳なら大歓迎です！）。

14歳とは、学校でいえば中学2〜3年生。人生で一番感受性が豊かで、無限の未来に開かれた年齢。身近な人間関係が自分の人生を揺るがすほどの影響力を持っていて、ふとしたことばに勇気づけられて突き動かされ、またふとしたことばに殴られて、落ち込む時期と言えるでしょう。誰にでも人生に一度は、そんな時期があると思います。

実は、シェイクスピアの作品には、ことばによって激烈な感情が沸き起こり、行動に突き動かされる人間がワンサカ登場します。というか、そんな作品しかない、とまで言えるかもしれません。

一目ぼれした相手と、自分の身分も顧みず駆け落ちしようとするロミオとジュリエット。娘たちに裏切られ、ヨボヨボなのに裸同然で荒野に放り出されて叫び狂うリア王。あるいはうじうじ悩んでばかりいるハムレット……。

突き抜けたヤツらが次々と出てきて、めくるめく物語を繰り広げます。そんな作品を読んでいると、私はいつも、自分が14歳になったような気持ちになります。シェイクスピア作品には、人を青春真っただ中に引き戻す、魔法の力があるのです。

だから、この本も、「14歳のためのシェイクスピア」です。

誰もが14歳の気持ちになってしまう恐るべき力を持ったシェイクスピア作品。でも、少しとっつきづらいと感じている方に向けて、

「こう読めば楽しいかも？」

「こんな風にシェイクスピア作品で『遊ぶ』ことができるよ！」

そんな、これまでにない切り口で、魅力をお伝えしたいと思います。

それではそろそろ、本書の主役に登場していただきましょうか。

シェイクスピアさ――ん！

Hi,
WILLIAM
SHAKESPEARE
1564-1616

シェイクスピアは、４６０年前のイギリスに生まれ、今も読み継がれる37もの物語を生み出し、上演し、観る者の度肝を抜いた最高のストーリーテラーでした。

イギリスの首都ロンドンに住んでいたあらゆる人々、老いも若きも、貴族も市民も、みんなが一つの劇場に集まって、彼のつくった世界に没頭しました。

今、我々が見聞きするあらゆるエンタメにも影響を与え続けています。映画、ドラマ、音楽、小説、ゲーム、アート、さらには私たちがふだん使っていることば、考え方にまで。世界中でシェイクスピアを知らない国はまずありません。

ここまで影響を与えているのはなぜでしょうか。

作品自体の素晴らしさはもちろん、現在も変わることのない人間と世界そのものの姿、本質をリアルに描き出したからだと思います。

シェイクスピアはその人間と世界の本質を、あるものによって描き出したのでした。それは——。

ここに人殺しは
いるか？いない。
いる、俺だ。

『リチャード三世』

生まれ落ちると
泣くのはな、
この阿呆の檜舞台に
引き出されたのが
悲しいからだ。

『リア王』

あれはクレシダで
あってクレシダ
ではない。

『トロイラスとクレシダ』

いまこそ死ぬ、死ぬ、
死ぬ、死ぬ、死ぬ。

『夏の夜の夢』

人間はなんて美しいのだろう。
ああ、素晴らしい新世界

『テンペスト』

ああ、ロミオ、ロミオ、
どうしてあなたはロミオなの？
『ロミオとジュリエット』

さあ、ありったけの
元気をふるい起こせ。
朝が来なければ夜は
永遠に続くからな。
『マクベス』

ああ、温かい！
『冬物語』

まだここに血のにおいが。
この小さな手、アラビア中の
香料をふりかけても
いい匂いにはならない。
ああ！　ああ！　ああ！
『マクベス』

生きるべきか、死ぬべきか、
それが問題だ。
『ハムレット』

そう、彼は膨大な「ことば」を残してくれました。

それもただのことばではありません。

「人間って面白い！　ならば自分も主人公になって、人生というドラマを思い切って楽しんでみよう！」

読んだ皆にそう思わせてくれることばたちです。面白いだけでなく、人生を歩む力を授けてくれることばです。

そんなすごい力を持つシェイクスピアですが、一つ難点があります。「シェイクスピアは難しい」といううわさが、まことしやかに囁《ささや》かれているのです。確かに、人間の本質を、ことばを尽くして描き出すその作品は、少々手ごわいところがあるかもしれません。

しかし、シェイクスピアを楽しむためにはちょっとしたコツがあります。それを手に入れれば、とってもわかりやすく、面白くなるのです。

そこで私は、シェイクスピアをめぐる旅をあらゆる面からサポートすべく、本日、みなさんの前に現れたというわけです。

私はふだん、シェイクスピア作品を読み込み、俳優やスタッフとともに舞台上に一つの世界をつくり出すことで、最大限にその魅力を届ける、という演出の仕事をしています。

シェイクスピアのことは大好きですが、その作品や生涯について研究している専門家でも、研究者でもありません。

また、「これがシェイクスピアの正解だ」「こう解釈するのが正しい」「このように演じるべきだ」ということには、実は関心がありません。

それよりもむしろ、その時その瞬間に、

「いまシェイクスピアを届けるならどういうやり方がいいだろうか？」

「どう読むと、より世界が深く理解できるだろうか？」

といった観点からいつも作品に向き合っています。それは作品を理解すると同時に人間を理解すること、また自分が何に興味を惹かれ、何に問題意識を感じているか、という自分自身を理解することでもあります。

そして、世界の有り様を発見することでもあります。

シェイクスピア全作品を日本語に訳した松《まつ》岡《おか》和《かず》子《こ》さんは語っています。

「シェイクスピアは『わかったつもり破壊者』だ」

私たちはいつも、なんとなく「わかったつもり」になってしまいます。ニュースを見ても「この事件はこういうことなんだろう」、人間関係でも「あの人はたぶんこんな人だろう」。それは自分自身についてもそうかもしれません。「自分はどうせこういう人間だから」と、一歩踏み出すのをあきらめたり、新しいことをやめたりすることもあるかもしれません。

そんな自分の中の狭い了見を破壊して、広い世界へと放り出してくれるのがシェイクスピアです。「わかったつもり」を破壊されたら困ってしまう人には役立たずですが、自分の殻を破って新しい世界を見たい人にとってはとても頼りになる存在とも言えるのです。

この本は、そんな人生の心強い仲間になるシェイクスピアの入門書です。

本書は、シェイクスピアの戯曲になぞらえて五幕構成で進めます。

第一幕は、「ことばの時間」。古典と言われるシェイクスピアですが、けっこうヤバいことばがたくさんあります。今なら「コンプラ違反」な野蛮なことば、最上級の愛のことば、人を突き動かすことば……ことばの魔術師、シェイクスピアの核心に、いきなり迫っていきます。

第二幕は、「ストーリーの時間」。作品の魅力の一つが、息もつかせぬストーリー展開にあります。でも実は、彼の作品のほとんどには「元ネタ」があります。そこからどんなアレンジを加えているのでしょうか。

第三幕は、「PLAYの時間」。ここではちょっと体を動かして表現してみましょう。代表作『リア王』の一節を、いろんな角度から読み、演じたり、遊んだりします。すると全然違った印象に……？

第四幕は、「演出の時間」。ことば、物語、表現の観点からシェイクスピアを見てきたので、思い切って演出もしてみちゃいましょう！　演出とは何をするのか、ふだん私がどんなことに気をつけて演出しているか、『タイタス・アンドロニカス』という作品を題材にお話しします。

第五幕は、「タイムトラベルの時間」。本質の部分では今の時代と変わらないシェイクスピアですが、そうはいっても、作品が書かれた当時の時代状況を知るとぐっと理解度、面白さが深まります。シェイクスピア作品をより楽しめる歴史背景や、ややとっつきづらい「歴史劇」という作品ジャンルの面白さについて、最後にご紹介します。

そして課外授業として、先ほどもお名前が出た翻訳家・松岡和子さんに翻訳の面白さについてたっぷりと伺う、「翻訳の時間」。巻末には、自分の性格に合ったシェイクスピア作品が分かるチャート式作品紹介、主要キャラ図鑑など、楽しくシェイクスピアの世界に入門できるページをご用意しました。まずここから見ていただいても大丈夫です！


シェイクスピアに関する研究書や入門書はたくさん出ていますが、本書はあえて専門的な解説はせず、面白さのエッセンスを抽出してお届けすることを心がけました。作品も、みなさんが知っている有名なものを中心に取り上げています。ここから興味が出てきたら、次はぜひシェイクスピアの作品、より深く楽しめる解説書を手に取ってみてください。

前置きが長くなりました。そろそろ幕開けの時間です。

このドラマの主人公は「14歳のあなた」です。

さあ、冒険のはじまりです！

14歳のためのシェイクスピア　目次

第二幕 ストーリーの時間

第三幕 PLAYの時間

第四幕　演出の時間

第五幕 タイムトラベルの時間

課外授業　翻訳の時間

シェイクスピア全作品を訳した松岡和子さんに、翻訳のおもしろさを聞いてみよう！

特に記載のない場合、本書でのシェイクスピア作品の日本語訳の引用は『シェイクスピア全集』（松岡和子訳、ちくま文庫）を底本としています。

What's シェイクスピア？

―前説―

シェイクスピアはどんな人？

さて、シェイクスピアとは何者なのでしょうか？
どんな時代、どんな場所に生まれたのか……そういう歴史的な解説の前に、まずシェイクスピアはこんな人、ということをお伝えしたいと思います。
一言でいえば、彼は、
人間を「シェイク」する天才であり、
人間を「スピア」する天才。
このことを、最初にお伝えしたいと思うのです。
どういうことでしょうか？

まず、**人間を「シェイク」する**天才。
「シェイク」の意味はご存じでしょうか。マックシェイクの「シェイク」です。つまり、「振る」ですね。人間の心を揺さぶり、はっと驚かせる。人の感情を揺り動かす天才が、シェイクスピアなんです。

シェイクスピアは劇作家、つまり演劇の台本を書く仕事をしていました。そして演出家でもありました。演劇のもととなる戯曲をつくりながら、この台本はこんな風に演じると面白い、という演出の部分も手掛けていたのです。

もし今彼が生きていたら、ウォルト・ディズニーやスティーブン・スピルバーグのようにあらゆるジャンルで傑作を生みだす映画監督や、次々とバズる企画を生み出すYouTuberになっていたかもしれません。彼は自分の生きていた時代から私たちが生きている現在まで、あらゆる時代の国境を越えた老若男女、どんな身分の人でも面白いと思える作品を生み出した、史上最高のエンターテイナーだったんです。

観る人をある時ははっと驚かせ、ある時は涙を流させ、ある時はウキウキさせ、ある時には「あいつ許せない！」とドキドキさせたりハラハラさせたりもする。そんな人間の心を「シェイク」したということが、シェイクスピアの一つの要素です。

そして彼は、**人間を「スピア」する**天才でもありました。

人間はこういう存在だ、ということをズバリ端的に、ことばで言い抜いてしまう――見事に本質を突き＝スピアし、伝えることができたのです。

人間はこんな風に見れば理解できる、こうした出来事はこう捉えればより良く、困難に立ち向かって生きていくことができる、といった生きるヒントも含めて、人間の普遍性をことばで表現する天才でした。

「人間とはこういうものだ」なんて、日常生活を送るだけではなかなかわからないですよね。私自身も迷ったり、社会についてもわからないことだらけです。どうしたらいいかと迷った時に、シェイクスピアを読むと、本質がズバリと見抜かれていることに驚きます。そのことばにヒントを得て行動することで、古今東西の人たちは豊かに生き、楽しい人生を過ごし、困難を乗り越えてきました。

そのことばや物語を自分の人生に取り入れてみる、あるいは試してみる。すると、いかに生きるべきかという問いが考えやすくなり、問題解決の糸口が見つかる。

そして何より、その作品は抜群に面白い。

それがシェイクスピアなんです。

ヒトゴロシ、イロイロを生きた人

人間の心を揺さぶり（シェイク）、刺し貫く（スピア）――彼の作品を端的に表すような名前ですが、実はこれ、本名なんです。狙ってつけたペンネームではなく、たまたまそんな感じの名前になっているのですが、見事に名が体を表しています。

では、実際にシェイクスピアはどんな人だったのでしょうか。

シェイクスピアは、１５６４年に生まれ、激動のイギリスを生き、１６１６年に亡くなりました。

１５６４年から１６１６年。この時代がまた大変面白い時代なのですが、まずはぜひこの年を覚えてほしいと思います。

これには覚え方があります。

ヒ《1》ト《5》ゴ《6》ロ《4》シ、イ《1》ロ《6》イ《1》ロ《6》。

シェイクスピアが生きた戦争の時代、そしてたくさんの登場人物が死ぬ彼の作品自体も表すようなゴロあわせです。

彼はイギリスのロンドンから約百数十キロ、１００マイルほど離れたストラットフォード・アポン・エイヴォンという田舎町に生まれました。その来歴については第五幕「タイムトラベルの時間」で改めてご説明しますが、当時ロンドンでは演劇というエンターテインメントが最高に燃えていて、熱くて面白かった。自分もそんな演劇に関わってみたい、劇作家として作品を作ってみたいと思ったシェイクスピアは、生涯で約37作品

――最近の研究では40作品ともされます――を生み出し、大ヒットさせます。『ロミオとジュリエット』『ヴェニスの商人』『ハムレット』『リア王』などの有名作から『ヘンリー六世』『リチャード三世』といった歴史を題材とした作品まで次々と発表し、田舎町から出てきた一人の青年が、ロンドンでフィーバーを起こしたのです。

シェイクスピアは、劇作家であると同時に詩人でもありました。今で言ったらYOASOBIやRADWIMPS、あるいはビートルズやテイラー・スウィフトのように作詞作曲、もとい作劇から詩作までやってしまうヒットメーカーでした。

激動の時代を生きた人

彼の生まれた時代――みなさん覚えましたね。何年から何年だったでしょうか。

そうです、ヒトゴロシ・イロイロ、1564年から1616年です。日本で言えば、江戸幕府が始まった頃です。機械なんてありません、スマホももちろんありません。

当時のヨーロッパは大航海時代、そしてルネッサンスの時代。海路を通じて世界がつながり、学問も芸術も盛んだった頃です。世界がつながることで、船や往来する人々を通じて、大量の情報が一挙にロンドンに流れ込んできます。毎日が混乱と発見の連続だったことでしょう。社会がダイナミックに動いていました。そんな時代の転換点に、シェイクスピアは生まれ、生きました。

彼はその激動の世界の中で、人間の権謀術数、科学・経済の発展、そこで没落していく人たち、戦争を目の当たりにしました。そして人間の営みを丁寧に観察し、**物語の持つ力をフル活用しながら、その感情や行動、本質的な部分を極めてリアルな形で描き出した**のです。

ですから、シェイクスピアの作品には、当時のドロドロの人間関係を描いたものもあれば、人間ってすごい！と思える美しい話もあり、今のテレビでは放送できないようなワイドショー的ゴシップ、あるいは実録感動秘話も盛り込まれています。

シェイクスピアは実在した人物ですが、あまりに残した作品が多彩なので、様々な都市伝説があります。例えば、実はシェイクスピアなんて人物は存在せず、チームで共同執筆して、「シェイクスピア」というペンネームで作品を発表していたのでは、なんていう説もあるぐらいです。

作品は、未来から託されたメッセージ⁉

そんなシェイクスピアの作品は、様々な読み方を可能にします。

本書ではこれからいろんな読み方をみなさんと一緒に楽しんでいきたいと思いますが、例えば、ＳＦみたいな視点で彼の作品を読んでみるのもアリなのではないかと思います。シェイクスピア作品を、４００年以上前の古典ではなく、未来から私たちに託されたメッセージと思って読んでみるということです。

私は時々妄想するのですが、未来の人類が愚かな争いをくり返し、科学技術が極度に進歩することで、滅亡の危機に瀕してしまう。その時に生き残った勇者たちが、人間はいかに生きるべきか、このことばを読み解けば人類が滅びることはない、という37のメッセージを過去に向けて発信した。それが、たまたま16〜17世紀のイギリスにポンと届き、キャッチしたシェイクスピアが、わかりやすく面白い作品として書き上げて、私たちに残した……。

シェイクスピアの作品は、**私たちがいかに生きるべきかを考えて、よりよい未来をつくるためのメッセージ**なんだと思って読むと、現代の私たちがこれから生きていく上での指針を示してくれているように感じます。

彼の作品を読み込むことで、今私たちが抱えている問題を解決するためのヒントが見えて、新しい未来をつくっていけるのではないかと思うのです。

少しぶっ飛んだ読み方かもしれませんが、このように自分なりの切り口を見つけて読んでみると、ますますシェイクスピアの作品が面白くなっていきます。

それでは、彼の作品を読んでいくコツを具体的にご紹介していきましょう！

第一幕

ことばの時間

CHAPTER 1

・

TIME FOR WORDS

ことば、ことば、ことば

まずは、シェイクスピアの「ことば」を見ていきましょう。

シェイクスピアはことばの天才でした。でも、難しいことばではなく、**誰にでもわかるように、遊び道具のようにことばを使いました。**

その作品を読むと、「そうそう、それそれ！　僕らの気持ちをよくぞ言ってくれた」と思わず声が出てしまうような解放感が味わえます。彼の作品には、誰もが使えて遊べることばがぎっしりとつまっています。

前説でもお話ししたように、シェイクスピアは1564〜1616年（ヒトゴロシ・イロイロ）の時代に生きた人です。もちろん今は生きていません。

残されているのは、唯一シェイクスピアが「書いたことば」です。そのことばを、世界中の人たちが、時代を超えて、国を超えて、寄ってたかって、遊んだり、解釈したり、使ったりしてるわけです。

彼の「ことば」へのこだわりを端的に表す作品があります。

それは『ハムレット』です。シェイクスピアの四大悲劇の一つに数えられる作品で、ハムレットとは主人公の名前です。彼はデンマークの王子で、そのキャラは一言で言えば、**「独り言の達人」**です。

ある日、大好きな父（国王）が急に亡くなります。もうお父さんに会えないと塞ぎ込んでいるハムレットの前に、亡霊となった父が現れてこう言います。

「私を殺したのは新しい王だ。私の代わりにハムレットよ、復讐してくれ」

びっくりしたハムレットは、悩みます。悩んで悩んで、自分のこれからの行動を整理しているうちに、ことばの迷宮の中に迷い込みます。そして独り言をしゃべりまくります。

そんなハムレットが本を読んでいると、ある人が「何の本を読んでいるんですか？」と話しかけます。するとハムレットはこう答えるのです。

言葉、言葉、言葉。

Words, words, words.

（『ハムレット』第二幕第二場）

何を読んでいるの？と聞かれたら、ふつうは本のタイトルを答えますよね。しかしハムレットは、「ことば、ことば、ことば」と三回も繰り返し、読んでいるのは「ことば」だと遊びのような返答をします。ここにも現れているように、シェイクスピアはことばが大好きです。

では、シェイクスピアはどんなことばの使い方をしたのでしょうか？

それはいたってシンプルです。

できるだけたくさんの人が、それぞれの感性で、想像して楽しめるようにことばを使いました。

先ほどのハムレットの例で言うと、「何の本を読んでいますか？」の答えとして具体的な本の名前を言うよりも、「ことば」と三回繰り返す方が、何を読んでいるのか気になりませんか？「なんだよ、その言い方」とムッとするかもしれませんが、その本を読んでいるハムレットがどんなことを考えているのか、そこも想像してみたくなる。いつの間にかハムレットに関心を持ってしまうんです。「ハムレットについて知りたい！」と好奇心がくすぐられます。

そんな風に**余白とユーモアをうまく使いながら、読み手に想像させる。あるいは、そのことばを自分事にさせてしまう**、というのがシェイクスピアのことばの基本的な使い方です。

そこには、当時のエンタメ事情も関係していました。

シェイクスピアが生きた時代の大きなエンタメの一つが、演劇です。今のように映像を目で見て楽しむ映画や動画コンテンツのようなエンタメはありません。さらに、劇場も現在のように見えやすくないので、後ろの席からは舞台もよく見えません。

ですので、大がかりな舞台装置や演出で魅せるよりも、**「ことばで聴かせる」**ことがとても重要な要素です。ことばで、それぞれの脳内に映像を作ってもらう、つまり「想像してもらう」のが演劇というエンタメの大きな武器となります。

特にシェイクスピアの作品は観て楽しむというよりも、聴いて想像して楽しむために書かれていました。その意味でも、作品におけることばは非常に大きな重みを持っています。

耳から入る情報は、人間の快楽の根幹とも言われます。

シェイクスピアは、ことばによって聴く者の想像力を働かせ、興奮させる名人でした。

劇場という場所で、あらゆる事象をことばで表さなければいけなかったために、たくさんのことばの技を繰り出しながら、あの手この手で観客の心を摑《つか》もうとしたのです。

シェイクスピア作品の長ーいセリフをはじめて聴いた（読んだ）人は驚くかもしれませんが、大丈夫です。絵を見るように、好きなマンガを味わうように、好きなところだけをピックアップして楽しめばいいのです。国語のテストのように登場人物の心情を言い当てたり、完璧に理解しようとする必要はありません。

野蛮でヤバいことば

では、具体的に、どんなことばを使ったのかを見ていきましょう。

プロローグでも触れたように、もしかしたらシェイクスピアを古典や、教科書のように難しく思っている方もいるかもしれません。

しかし、シェイクスピアは**めちゃくちゃ野蛮《やばん》でヤバい**劇作家です。

たとえば、こんなことばがあります。

「絶望して死ね！」

みなさん、学校や会社でこれを言ったらどうなりますか。もうアウトですよね。

ところが、『リチャード三世』という作品の中では、主人公リチャードに殺された者たちが亡霊となってリチャードの夢に次々に現れ、「お前は俺たちを殺した、絶望して死ね！」と詰め寄ります。

エドワード王子の亡霊　明日はお前の魂に重くのしかかってやる。思い出せ、テュークスベリーの戦場で、花の盛りだった私を刺し殺した様を。絶望して死ね。（略）

ヘンリー六世の亡霊　（略）思い出せ、ロンドン塔の私を。絶望して死ね！（略）

クラレンスの亡霊　（略）明日は戦場で俺を思い出せ。刃の欠けた剣を取り落とし、絶望して死ね。（略）

リヴァーズの亡霊　（略）ポンフレットで死んだリヴァーズだ。絶望して死ね。

グレイの亡霊　グレイを思い出し、お前の魂を絶望に追い込め。

ヴォーンの亡霊　ヴォーンを思い出せ。罪におびえ、手にした槍を取り落とし、絶望して死ね。（略）

ヘイスティングズの亡霊　（略）ヘイスティングズを思い出し、絶望して死ね。（略）

王子たちの亡霊　（略）リチャード、我々はお前の胸の中で鉛となり、
破滅と恥辱と死に引きずりこんでやる。
甥の霊魂はお前に命じる、絶望して死ね。（略）

アンの亡霊　（略）明日は戦場で私を思い出せ。
刃の欠けた剣を取り落とし、絶望して死ね。（略）

バッキンガムの亡霊　（略）ああ、戦闘のさなかバッキンガムを思い出せ。
罪の重さにおののきつつ死ね。（略）
血の気をなくして絶望しろ、絶望して息絶えろ。

（『リチャード三世』第五幕第三場）

すごいですね。寄ってたかって「絶望して死ね！」です。ただ、「死ね」ではないのです。「絶望して」から「死ね」なんです。思いがこもっていますよね。色んな恨みつらみがあるのでしょうが、それをいちいち言わずに一言で**「絶望して死ね！」**というのがシビれます。

『タイタス・アンドロニカス』という作品では、父が自分の娘に向かって、

「死ね、死ね、ラヴィニア」

と言いながら首を絞めて殺したりします。なんだか「死ね」ばっかり出てきます。

また、もしお手元に『ロミオとジュリエット』があれば、その冒頭を見てみてください。

翻訳者によってはうまく回避していますが、グレゴリーとサムソンという召使が、ふつうに卑猥《ひわい》なことばをべらべらと喋っています。少しだけ引用してみましょうか……と思ったのですが、ちょっと引用するのが憚《はばか》られる内容なので、ぜひみなさん、『ロミオとジュリエット』第一幕第一場、最初の1〜3ページぐらいのやり取りを確認してみてくださ い。ロマンティックの代名詞のような作品が、こんな始まり方をしているのかとびっくりします。

放送禁止用語もたくさん出てきます。

俺を捉える布告が出たらしい。（略）
うんと卑しい、あさましい姿に身をやつそう。
貧乏神に追いつめられ、人間らしさのかけらもない
畜生同然の姿にな。（略）

国じゅうをうろつくベドラムの×××乞食が
いい手本だ。

（『リア王』第二幕第三場。「×××」は筆者）

あえて伏せ字にしましたが、テレビではちょっと言えないセリフです。『リア王』という作品の第二幕第三場に書いてありますので、よかったら確認してみてください。

「好き！」があふれ出ることば

いきなり野蛮なことばから始まりましたが、素敵なことばも、もちろんたくさんあります。

みなさんもご存じの『ロミオとジュリエット』。

先ほどは卑猥なことばの例として紹介してしまいましたが、この作品は、好きな人を讃えることば、好きがあふれ出たことばのオンパレードです。愛を語ることばにはこんなにもバリエーションがあるのかと感動してしまいます。

作品の序盤でロミオはジュリエットに一目惚れしますが、初めてジュリエットを見た時にロミオが言うセリフがあるんです。パーティでキラキラしているジュリエットを見た瞬間、ロミオは叫びます。

ああ、（あの人は）松明《たいまつ》に明るく燃えるすべを教えている！

（『ロミオとジュリエット』第一幕第五場）

このセリフを聞いた時、私は椅子から転げ落ちそうになりました。

ジュリエットが松明に、「このぐらい輝かなきゃだめよ」と教えるぐらい、松明の輝きを遥かに上回って彼女自身が神々しく光り輝いている、ということなのでしょう。

しかしちょっと待ってください。いくら好きな人が輝いているからって、煌々《こうこう》と燃える松明に対して輝き方を教えたりするはずはありませんし、そんな発想を私は持ったことがありません。でも、「あの人は輝くほど美しい！」と言うよりも、ロミオがどれほど興奮しているか、ジュリエットがいかに素晴らしいかが際立つのです。見事なことばです。

このように、自分の心の喜び、愛の素晴らしさや一目惚れの興奮を堂々とことばにして盛り上げることで、ロミオは愛の力にあふれます。恋に走り出したロミオはジュリエットに惚れ込み、彼女に触れたくて触れたくてたまらない。
シェイクスピアはそんな彼の気持ちをこう表現します。

あの手を包む手袋になりたい。
そうすれば、あの頬に触れられる！

（同書、第二幕第二場）

関係性によってはちょっとドン引きすることばです。しかし、本当に好きな人から、本当に思いを込めてこんな風に言われたら、どうでしょうか？

そこまで私のことを思ってくれてるんだ、と感情が高まっているときに、さらに火をたきつけるように、一線をちょっと越えるぐらいのことばを投げかける。クラっときて、もう抜けられなくなる……かもしれません。

同じ一連のセリフの中で、ロミオはジュリエットにこう語りかけます。

大空で一番美しいふたつの星が
何かの用でよそへ行き、戻るまで

代わりに光っていてくれと、あの人の目に頼んでいる。

（同書、第二幕第二場）

「あの人」とはジュリエットのこと。スケールが壮大すぎます。

いくらジュリエットの目がキラキラ輝いているとしても、大空で一番美しい星が彼女の目に「ちょっと僕たちの代わりに光ってててくれない？」なんて頼むわけないですよね。

このオーバーなことばが意味しているのは、たった一つ。

「あなたの目、めっっっちゃ綺麗です！」

これです。これだけなのですが、目の輝きを、世界中の誰もが見上げる星々の輝きと比べることで、その目がなんだか宇宙的なスケールで美しく輝いているような錯覚に陥ります。

つまり、シェイクスピアにとって、人間が恋をするとはそういうことなんですね。**恋に落ちたら最後、相手が宇宙そのものになってしまう。**ロミオという恋する青年を通じて、シェイクスピアは人間の「愛らしさ」と「愛おしさ」を推しまくっているのです。

ただ、気をつけなければいけないのが、愛と憎しみは表裏一体ということ。

ことばを尽くして愛を叫んだと思ったら、急に激しい憎しみに急転する。両極端なのが人間です。この振れ幅がまさにシェイクスピアの特徴でもあります。

人を行動させることば

相手を行動させることば、というのもあります。

自分の信念、主義主張を伝えて、人々を行動させる……みなさんにぜひ知ってほしい、『ジュリアス・シーザー』という作品のことばがあります。

それは、海外の政治家が絶対に学ぶという、アントニーの演説シーンです。人前でスピーチをする時にはぜひ参考にしてほしい、**演説の手本となるような名場面**です。

ローマで民衆から絶大な支持を得ていた政治家、ジュリアス・シーザーが暗殺されます。暗殺したのはローマの政治家たち。首謀者の一人にはシーザーの側近、ブルータスもいました。信頼する相手に刺されたシーザーが「**お前もか、ブルータス**」と言ったのはあまりにも有名です。

シーザーが殺されたのを一番悲しんだのが、彼を心から尊敬していた政治家アントニーでした。アントニーは意を決して市民たちの前で演説をします。彼は、暗殺者たちがシーザーを殺したことで、ローマ市民にいかにひどい結果がもたらされるかを訴えかけるのですが、ここでアントニーは、自分を〝下げて〟語るのです。

私には知恵も言葉も権威もなく、
身振り手振りも弁舌も説得力もない、人の血を
騒がすことなど到底無理だ。

（『ジュリアス・シーザー』第三幕第二場）

しかし、アントニーは本来めちゃくちゃ弁が立つ人なんです。こんな風に自分を下げることが、相手を行動させることにつながると知っているのです。「みんな、立ち上がれ！」みたいに最初からただ命令するだけじゃダメなんですね。

そして、アントニーは「もし私がブルータスで、ブルータスがアントニーだったら」と仮定を使って続けます。

私がブルータスで、ブルータスがアントニーだったなら、
アントニーは諸君の心に怒りの火をつけ、シーザーの
傷という傷に舌を与えてしゃべらせ、その結果ローマの石すら

決起して暴動を起こすだろう。

（同書、第三幕第二場）

仮定法の中で、自分の意見はあくまで公的な立場（役割）としての意見だと冷静に伝えることで、相手の心に火を植え付けます。個人的な感情で言っているのではない、だから安心して行動してほしいと。

市民たちは何と言うか。

「よし、暴動だ」。もう単純です。

ちょっと笑ってしまうのですが、「ブルータスの家に火を放とう。行こう。さあ、一味を探し出せ」と憎しみ一色になるんです。

ここで面白いのが、アントニーは「行け！」と命ずるのではなく、

「待て、聞いてくれ。まだ話すことがある」

と引き留めるんです。民衆の暴動を正当化するストーリーは作れたが、まだ内面の準備が足りないと思ったのでしょう。

アントニーは最後に何を伝えたか。

実は、亡くなったシーザーは、市民たち一人一人に75ドラクマ（古代ギリシャの通貨単位）

という、高額なお金を分け与えるつもりだったと言うのです。シーザーは、市民一人ひとりにお金を用意していた、そこまで市民たちのことを想って尽くそうとしていた……。民衆の心が一つになります。もう市民たちは完全にアントニーの思い通りに行動します。

市民1　さあ、行こう行こう。
シーザーの遺体を神聖な場所で火葬し、
その燃えさしで謀反人全員の家に火をつけよう。
亡骸を抱え上げろ。
市民2　火を持ってこい。
市民3　ベンチをたたき壊せ。
市民4　ベンチも窓も手当り次第にぶっ壊せ、火にくべろ。

（同書、第三幕第二場）

一度動き出した群衆を止めることは誰にもできません。さて、ローマはどうなるのか？　これは実際の戯曲で読むとめちゃくちゃアガる場面なので、ぜひ読んでほしいところです。

シェイクスピアは用意周到で、「絶望して死ね！」のように一発で強いことばを使うこともあれば、こんな風に、**ストーリーで相手を動かす**こともします。特に相手を行動させる時ほどそうします。そうでないと人は動かないとわかっていたんですね。

「ああ、ロミオ」にぜんぶつまっている

ここで、みなさんご存じのことばもご紹介しましょう。
先ほどから度々登場している『ロミオとジュリエット』です。
中でも一番有名なセリフ、何が思い浮かびますか？　絶対聞いたことあるはずです。
そうです、それです。

ああ、ロミオ、ロミオ、どうしてあなたはロミオなの？

（『ロミオとジュリエット』第二幕第二場）

このことば、音として耳に残りますよね。
ちょっとみなさん、言ってみてください。

ああ、ロミオ、ロミオ、どうしてあなたはロミオなの？

なんかちょっと、気持ちいいですよね。「言いたくなる」リズミカルなことばは世の中に普及するということを、シェイクスピアはわかっているんです。それだけ聞いてもよくわからないけど、確実に耳には残ることばです。

ロミオとジュリエットはお互い激しい恋に落ちますが、それぞれがモンタギュー家とキャピュレット家、憎み合う家同士だったので、絶対に愛し合ってはいけない。そんな設定をイメージしながら、このことばをもう一度味わって見ましょう。

ああ、ロミオ、ロミオ、どうしてあなたはロミオなの？

最初の「ああ、ロミオ、ロミオ」は、ロミオ個人のことです。

愛する人の名前を繰り返すことで、どれだけロミオという生身の人間を好きなのかが痛いほど伝わってきます。

でも、三度目の「どうしてあなたはロミオなの？」の「ロミオ」は、モンタギュー家のロミオという、**社会的な位置づけとしてのロミオ**を指します。

つまりこの有名なセリフは、説明的に言えば「私の大好きなロミオは、どうしてモンタギュー家のロミオなんでしょうか」ということを語っているのです。

ただのロミオではなく、モンタギュー家のロミオであるがゆえに、二人の間にはとてつもなく大きな壁がある。でもそのことを説明的に言ってもつまらないので、「ああ、ロミオ、ロミオ、どうしてあなたはロミオなの？」という、シンプルかつキャッチーなことばで、言葉数以上に多くのことを語らせたわけです。

このシンプルすぎる名ゼリフの中には、この作品の核となるストーリーが凝縮されています。同時に、音楽性があってリズミカルで言いたくなる、耳に残る音でもあるのです。このことばには続きがあります。

バラと呼ばれる花を
別の名で呼んでも、甘い香りに変りはない。
ロミオだって同じ、たとえロミオと呼ばれなくても
非の打ちどころのない尊い姿はそのまま残る。
ロミオ、名前を捨てて。

あなたの体のどこでもないその名の代りに
私のすべてを受け取って。

（同書、第二幕第二場）

バラは「バラ」という名前じゃなくても、美しさ、香りに変わりはない。だから、バラという名前にこだわる必要はない。ロミオも同じで、その名前を捨ててほしい、モンタギュー家を捨ててほしい。たとえそうしたとしても、私の愛する素敵なロミオであることに本質的に変わりはないと。

ああ、素敵ですね。私はこのことばが大好きです。

ことばの重要性をじゅうぶん理解しながらも、ここでは**表層的な名前には何の意味もない**ことをシェイクスピアは語っています。奥深いです。こういう有名なセリフには、有名な理由がやっぱりあるわけです。

作品の中で意味が変わっていくことば

今のセリフは、「ロミオ」という一つの名前が、文章の中で意味を変えていきました。

同じことばでも、ストーリーを経ることによって、あるいはどのタイミングで使われるかによって、意味が変わっていく。これもシェイクスピアがよく使うテクニックです。

もう一度、『ジュリアス・シーザー』のアントニーに登場していただきましょう。

彼はブルータスという政敵に対して、ストレートに「あいつは悪いやつだ」とは言いません。

逆に「ブルータスは公明正大な人物だ」と何度も繰り返し、決して敵をおとしめることなく、あえて褒め称えます。

ブルータスは公明正大だから悪いことをするはずがない、と相手を持ち上げながら、すかさず相手の行動の矛盾点を証拠とともに事実として突きつけます。ブルータスはシーザーを刺し殺した、その時のシーザーの血が付いたマントを高々と掲げ、アントニーは市民に問いかけます。「でも、公明正大なブルータスは陰でこんな惨いことをしました。さあ、みなさん、公明正大とは何なんでしょうか？」と。

「公明正大」という一つのことばの定義を問うことで、意味を揺るがせながら、聞くものに物事の本質、あるべき姿を考えさせていく。結果、公明正大と言われているブルータスは、本当に公明正大なのだろうか？　と聞く者の頭の中で「ブルータス」のイメージが変わっていきます。「もしかしてみなさん、ブルータスは公明正大ではないかもしれませんよ」と揺さぶりをかけて相手の前提を覆していく。一度揺さぶられたら最後、「公明正大」という意味がどんどん気になりだし、「ブルータスは本当に公明正大だろうか？」という疑問に変わる。あるいは「ブルータスは公明正大」と言われても皮肉にしか聞こえなくなっていくのです。

アントニーはなかなかの策士です。ぜひみなさんにもこの論法に着目して『ジュリス・シーザー』を読んでみてほしいです。

作品の中で意味が変わっていくことばは他にもあります。『マクベス』という作品の冒頭の、有名なセリフです。

きれいは汚い、汚いはきれい。

（『マクベス』第一幕第一場）

魔女が、謎めいたこのことばを観客に投げかけるところから物語は始まります。最初はどういう意味かよくわからないのですが、物語が進んでいくにつれて、「あいつは汚いやつだ」とか「こんなにきれいで汚い一日は初めてだ」という風に、「きれい」

「汚い」というキーワードが何度も出てきます。

汚いと言われた裏切り者が、ものすごく誠実に（きれいに）死んでいく。あるいは清廉潔白（きれい）だと言われた人が、最後に汚い裏切り者に変貌したりする。

一つのことばをただ一義的に定義するのではなく、意味深な問いとして投げかけ続けることで、観る者、読む人にその問いへの答えを、物語を通じて考えさせる。

誰もが手を伸ばせる棚にことばを置いて、どうぞご自由に取って見てください、ということをシェイクスピアは行います。

すると観る者、読む人はそのことばが自分事になり、身を乗り出して作品世界にのめり込むのです。

本質をヒトコトで突くことば

物事の本質を一言でズバッと指し示す、ということもシェイクスピアはやってのけます。例えば、こんなことば。

人はにこやかに、にこやかに微笑みつつ悪党たりうる。

少なくともデンマークには間違いなくそういう奴がいる。

(『ハムレット』第一幕第五場)

「すべての国がそうだ」ではなく、**「少なくともデンマークには」**というのがポイントです。「すべて」というと一般論のように聞こえますが、「少なくともデンマークには」と言うととても具体的です。一つの国にフォーカスが当たりますが、「少なくとも」なので、他の国にも通じることだというニュアンスがある。結果、聞く者は一つの具体例から、どの国にも当てはまる普遍性を考えたくなるんですね。

ちなみにこれは主人公ハムレットのセリフです。政治家のスピーチを聞くときは、ぜひこのことばを思い浮かべてください。いい緊張感をもって政治家の主張を聞くことができますよ。

また、人間の普遍的な感情を、端的に言い表すことばもあります。

用心なさい、将軍、嫉妬というやつに。
こいつは緑色の目をした化け物だ

(『オセロー』第三幕第三場)

これは**嫉妬**をテーマとした『オセロー』に出てくるセリフです。「緑色の目をした化け物」は原文ではGreen eyed monsterと言いますが、これは現在、英語で「嫉妬している人」を意味する慣用表現になっています。どんなに立派な人も、嫉妬した瞬間に怪物となり、身を滅ぼす。「緑色」というのが、なんとも言い得て妙な感じがします。これもズバリと人間の本質を表していると思います。

シェイクスピアは、嫉妬という感情に様々な作品を通じて向き合っています。その一回目の総決算が『オセロー』という作品です。他に『冬物語』という作品でもこのテーマに向き合っています。嫉妬は愚かで人生を狂わせます。みなさんもくれぐれも用心してください！

人類共通の「問い」を投げかける

次のことばは、英語の原文でも知っている方がいるかもしれません。

生きるべきか、死ぬべきか、それが問題だ。

To be, or not to be, that is the question.

（『新訳 ハムレット』河合祥一郎訳・角川文庫、第三幕第一場）

シェイクスピアがよく使うパターンは、反対のものを組み合わせる、というものです。先ほどの『マクベス』の「きれいは汚い、汚いはきれい」もそうですが、**相反する二つのことを、あえて一つの問いとして投げかける。**

「生きるべきか、死ぬべきか、それが問題だ」。そりゃそうだろという話なのですが、このようなズバッと短いフレーズで投げかけられると、みんな考え始めますよね。人類共通の問いになるんです。To be, or not to be というフレーズは心地よく、耳で聞いても気持ちいいです。

次のように畳みかけるようなフレーズもシェイクスピアは得意としています。

ああ、ヘレナ、女神、森の精、完璧な神々しい人！

（『夏の夜の夢』第三幕第二場）

ヘレナさん、めっちゃ好きだ！という気持ちが押し寄せてきます。

「死ね、死ね、ラヴィニア」のように二度も死ねと言われたら、なんか死ななきゃいけないのかなという気がしてくる。逆に、ポジティブなことばを様々に言いかえることで、いかに愛しているかを伝える。畳みかけることばの力で、感情を沸き立たせる、まるでラップみたいです。

先ほどの『ロミオとジュリエット』の「手袋になりたい」も、ことばにすることで、本当に手に触れたときの喜びが倍増します。**自分の心を大胆にことばにすることで、感情が増幅し、行動に駆り立てられる**んですね。

シェイクスピアは、**ことばで不老不死を与える**、ということもやってのけます。「ソネット」の18番という私の大好きな詩があるのですが、そこでシェイクスピアは好きで好きでたまらない人に語りかけます。しかし、相手はもちろん人間なので、いつかは老いてしまう。なんとか愛する人に永遠の美しさを与えたい。それでこんな一片の詩を書きます。

あなたの永遠の夏は色あせることもなく、
あなたに宿る美しさは失われることもなく、
死神に「死の影を歩む」と言われることもないでしょう、
あなたが永遠の詩の中で「時」と合体しさえすれば。

人々が息をするかぎり、その目が見うるかぎり、
この詩は生きてあなたにいのちを与え続けるでしょう。

(『シェイクスピアのソネット』「18」より、小田島雄志訳・文春文庫)

あなたの美しさをこの詩の中に閉じこめたので、この詩を読者が読むたびに未来永劫《えいごう》、あなたの美しさが蘇ると言うのです。詩、つまりことばによって、美しさが不老不死、永遠となる。ちょっとしびれませんか。

たとえ数百年前のことばであっても、出会う人の想像力で解凍すれば、時代を超え国を超え、そこにこめられた人の姿、思いは生き生きと蘇るのです。

もしもあなたがシェイクスピアだったら?

これまでシェイクスピアのことばを見てきました。

最後にちょっと試みに、**ふだんみなさんがつぶやくような日常会話を、シェイクスピア的に言ってみたらどうなるか?** やってみたいと思います。

なんでもいいのですが、例えば、

「いい天気だな、今日も頑張ろう！」

これをシェイクスピアが言ったらどうなるでしょうか。

「太陽よ！　目覚めた私を輝かせよ！」みたいに、太陽に呼びかけるところから始まるかもしれません。このぐらいスケールを大きくすると元気が出てきます。

「なんか今日、やる気が出ないな」だったら、

「体中の動脈よ、獅子の筋肉のように精気を放て！」みたいな感じでしょうか。

以前、イタリアへ旅行に行ったときに、バスでボラれたことがありました。めちゃくちゃ腹が立ったのですが、ふと『間違いの喜劇』という作品のセリフを思い出したのです。

「おのれサタンめ！」

一人になってから口にしたので相手に向かって叫んだわけではないですが、このことばをつぶやいたら、ちょっとスッキリしたんです。

自分の感情に、シェイクスピアのことばを紐づける、というのはおすすめです。ふつうであれば「嬉しい」「楽しい」「ムカつく！」みたいにシンプルに言ってしまう自分の心を、豊かなことばで表現できたという喜びがあります。

そんなことばを自分のものにできれば、自分自身も、自分から見える世界も広がっていく。なんだか人生の主役になれたような気がするんです。朝、しんどいときでも、「こ

の気持ちを埋葬せよ！」みたいに言えたらちょっと楽しいです。

シェイクスピアのすごさは、ことばにならない瞬間を、なんとかことばにしてくれたところにあると思っています。

愛も、憎しみも、怒りも、後悔も、人生で人間が経験する感動や感情はあまりにも大きいものです。時代の転換点、困難と向き合っている時であれば尚更です。

人生という旅に出た「14歳の私たち」はついめげてしまうかもしれません。生きることはとても面白い反面、大変です。愛の裏側には憎しみがあり、怒りのすぐそばには赦《ゆる》しがあったり、いいものとわるいものが隣り合わせで混然一体となっています。

そんな世界で、人間はみなことばにならないものを胸の中に抱えて生きています。私たちの世界はことばにできない思いや出来事であふれています。

それをどう伝えたらいいのか、吐き出したらいいか。

シェイクスピアはかろうじてぎりぎりのところで、ことばにならないその瞬間を、彼なりのことばに変えました。そのことばをちょっと口に出してみたりすると、「ことばにならないもの」が身体を駆け巡り、すっきりする、あるいは力をくれる。そんなおまけもついてきます。

シェイクスピアを演じる俳優がかっこよかったり、美しかったりするのは、こんな

「**ことばのエンパワーメント**（力を与えてくれること）」を味方につけているからなんですね。

この「ことばのエンパワーメント」は、舞台上だけでなく、人生においても使えます。

ことばにならない、ことばにできない、そんな思いにあふれた時、めげそうになった時、

「生きるべきか、死ぬべきか、それが問題だ」

「いいはわるいで、わるいはいい」

「あの手を包む手袋になりたい！」

なんでもいいです、このチャプターで挙げたことばを、ぜひつぶやいてみてください。

もしかしたらスッキリするかもしれません。

ことば、ことば、ことば——。

ことばって面白いですね。

第二幕

ストーリーの時間

CHAPTER 2
・
TIME
FOR
STORIES

演劇の設計図を読んでみよう

第一幕「ことばの時間」では、シェイクスピアの作品にどんなことばが出てくるのか、どんな風にことばを使っているのかを見てきました。

では、彼はことばで何を書いたのでしょうか？　コラムやエッセイ、評論文を書いたわけではありません。シェイクスピアが心血を注いだのは**「戯曲」**です。戯曲とは演劇の台本のことです。

戯曲を読むのは誰でしょうか？　最初に読むのは読者ではありません。戯曲はそもそも劇を上演する役者とスタッフのために書かれたものです。上演された演劇を観客が観て、そのあとに出版され、読者に届きます。

例えるならば、戯曲は**演劇の設計図**みたいなものです。ですから演劇作品が面白くなるかならないかは、ひとえに戯曲にかかっていると言っても過言ではありません。

戯曲を訓読みしてみると「戯《たわむ》れて曲《ま》げる」です。あくまで設計図なので、自由に手に取って遊んで、思う存分に形を変えていい。本棚にしまっておくよりも、ポケットに入れて持ち運び、わいわいがやがや仲間たちと話し合いながら、自分たちの人生も自由に盛り込んだりして汚すぐらいでちょうどいい。それが戯曲です。

シェイクスピアは、戯曲という形式で面白いストーリーをつくる天才でした。この時間は、彼が編み出した物語の持つ面白さを見ていきたいと思います。

後半では、作品に登場するキャラクターたちに注目します。**ストーリーをつくる天才は、魅力的なキャラクターをつくる天才**でもありました。そのストーリーとキャラクターをつくるのは何かと言えば、ことばです。なので、最初に見た「ことば」と、この時間で見ていく「ストーリー」は密接にからみあっています。

シェイクスピアの時代は、電気などがなかったので、劇を観るときはだいたいお昼の2時ぐらいから始まって、暗くなる前には終わる必要がありました。なので、おそらく2時間から2時間半ぐらいの上演時間だったと言われています。

そこに、Netflix 10話分ぐらいの激動の物語を、ものすごい密度で詰め込んだのです。その作品では、畳みかけるように次々と出来事が起こります。

作家でも、映画やドラマの脚本家でも、マンガ家でも、もちろん演劇をつくる劇作家も、困ったとき、行きづまったときにはシェイクスピアを読めと言われます。世界中のストーリーをつくる人たちが困ったときにはシェイクスピアに戻るというぐらい、400年前の彼がつくった作品が、のちのクリエイターたちの基礎となってきました。

誰もが楽しめる「未完」の物語

シェイクスピアが描いたのは絵空事ではありません。リアルで腹落ちするような、私たちが肌感覚でうなずいてしまうような、実人生を反映したストーリーです。

彼の作品を読むときに大切なのは、その物語が**「未完」**であるということです。シェイクスピアの作品はよくよく読んでみると、描き切れていないところが多々あります。

例えば『ロミオとジュリエット』であれば、そもそもなぜモンタギュー家とキャピュレット家は仲が悪いのか？　『ヴェニスの商人』で最後に裁判に負けた金貸しのシャイロックは、どうなってしまうのか？　『ヘンリー六世』で女王だったマーガレットは、その後の時代を描く『リチャード三世』で落ちぶれた老婆となって出てくるが、その間にいったい何があったのか？　夢中になって読んでいると、「あれ？　結局どうなるの？」「なんでこんなことになってるの？」という物語のスキマがたくさん出てきます。

「ト書き」と呼ばれる補足説明がほとんどないため、ストーリーやキャラクターの背景設定がわかりません。おそらく、当時は口づてで俳優に演出していたので、その際にシェイクスピアが説明していたのかもしれませんが、シェイクスピア自身が観客や読者に考えてもらおうと、あえて作品に余白を残した面もあると思います。

そのおかげで、私たちは想像をふくらませることができます。読んでいると、気になってしょうがないフックがいっぱいある。それをああだこうだ、読んだ人同士で言い合うのがすごく楽しい。**考察しがいがある**のです。さらに、「ここはどんな背景なんだろう?」「この後どうなるんだろう?」と物語のスキマを埋めようとすると、そこに自分の考えが入ることになります。そのプロセスを経ることで、**作品は「未完」から、その人だけの作品として「完成」される**のです。

観客や読者がつい埋めたくなるように、「未完」の部分、描き尽くしていない謎がある。だから、何度観返しても、読み返してもそれに足りうる力を持っています。

シェイクスピアの作品は、10代で読んだとき、20代で読んだとき、さらには子どもを持って大人になったときに読んだとしても、その時々の自分の立場のストーリーとして楽しめるようになっています。14歳で読んでも面白いですし、人生経験を積めば積むほど豊かになってきます。これは自分のものだ、自分の作品だと、自分事にしてしまう力がシェイクスピアにはあります。解釈も一つにとどまらないので、読むたびに違う角度から読めるし、新たな発見がある。

だからこそ、その作品は多くの人に迎えられ、ヒットしました。実はここがすごく大事で、**シェイクスピアは観た人が喜ぶ、面白がるストーリーを徹底して書いた**人です。学者だけがわかるとか、わかるマニアにはわかる、あるいは子ども向け、大人向けという限定的なものではなく、老いも若きも、貴族も平民も、文字を読める人も読めない人も、みんなが楽しめる話を書きました。

みんなが楽しめる話とは何でしょうか？

それは、**みんなが「あるある！」「そうそう！」と思えること**です。人間なら誰しもが経験してしまうこと……。

例えば、あの人が憎い！という感情は誰しも経験することです。

あるいは、恋愛。あの人が好きだという気持ちは、子どもでも大人でもあります。

さらには、権力です。お金持ちになりたい、あのポジションにつきたい。権力を持ちたいと野心を燃やすとき、人間らしい側面が浮き彫りになります。

そんな権力欲から湧き上がる感情、あるいは、恋愛において生まれる感情——生きていれば誰しもが心に持つ「嫉妬」も、シェイクスピアは大きなテーマにしています。

古くから現在に至るまで、世界中で絶えることのない戦争も繰り返し描いています。

あらゆる階層や世代を超えるものを必ずテーマに据えているのが、シェイクスピアの作品の特徴です。地球上にひしめき合っている人類が過去・現在・未来、いつも向き合ってきた（これからも向き合い続ける）そんな人間の大テーマを中心に据えた、血湧き肉躍る物語を、シェイクスピアは書きました。

だからこそ、４００年以上にわたって読み継がれ、上演し続けられてきたわけです。

では、そのストーリーの特徴を具体的に見ていきましょう。

シェイクスピア作品の「型」

シェイクスピア作品には、大きく分けると二つのジャンルがあります。本当はもう少しあるのですが、ここでは二つでＯＫです。

悲劇と、喜劇。


わかりやすいですよね。二つの定義もシンプルです。

悲劇の定義とは何でしょうか。


最後に全員死ぬ。これです。敵だけでなく、主人公まで死んじゃいます。主人公の仲間もだいたい死んでしまいます。

喜劇の定義は何か。

最後にみんな結婚するんです。結婚したらみんなとりあえずハッピーです。10年後にどうなるかなんてことはさておき、まずは「おめでとう！」となるわけです。物語のラストで結婚ラッシュが起きるのが喜劇です。なぜか急に「結婚しよう！」みたいな人が突然現れたりもします。

死ぬ。結婚する。その結末に至るまでのプロセスを、味方サイド、敵サイド、関係ない人のサイド……あらゆる角度から描いていきます。

細かく言えば、喜劇と悲劇以外にもジャンルがあり、問題劇、歴史劇、あとは私はとても好きなのですが、ロマンス劇というのもあります。

ロマンス劇では、最後に奇跡が起こります。それも次から次に。現在のファンタジーや、最先端の文学にも通じるような、一見すると荒唐無稽な話もあります。でも、私たちの世界も考えてみたら奇跡の連続ですから、ロマンス劇もとてもリアルな私たちの姿を描いていると言えるのです。また、実際の歴史をもとにした歴史劇については、第五幕「タイムトラベルの時間」で詳しく触れますね。

このようにジャンル分けがされているのですが、大事なのは、基本的に**どの物語も同**

じ構造をとっているということです。いろんな話を書こうとすると、どうしても形を変えたり、違う展開にしたいと思うのが人間です。でも、シェイクスピアは一貫して同じ構造をとっています。

どんな構造にしているのでしょうか。

一つが、**物語全体を五幕構成にする**ということです。

小説などであれば第一章、第二章、あるいは第一部、第二部、のように分けられることが多いですが、戯曲は基本的に、一幕、二幕、三幕……と構成されます。人生でいうターニングポイントのようなものです。劇作品によって幕の数はそれぞれです。一幕だけの物語もありますし、十幕という作品もありますが、シェイクスピアは必ず五幕で構成しています。

幕の中には「場」といって、場所が変わったりする、小さな区分けがあります。戯曲では「第一幕第三場」のように表されます。

この五幕構成というのが面白くて、第一幕だけを観ていると想像もつかないようなことが二幕、三幕、四幕で展開され、第五幕でそれらがすべて回収されて、あらゆる出来事が共鳴し合いながらフィナーレに到達する。思いもつかない飛躍が四回もある。先ほど人生のターニングポイントと言いましたが、人生の予測不能な面白さを表しているとも言えます。

もう一つの構造の特徴が、**徹底した起承転結主義**です。

演劇用語でドラマツルギーというのですが、まず発端があり（起）、それがふくらんで展開して（承）、思いがけないことが起きて（転）、新しいステージに行く（結）。この起承転結を作品全体だけではなく、「起」「承」「転」「結」それぞれの幕の中でも何度も繰り返しています。小さな山をいくつも登りながら大きな山を作っていくような構成になっています。

「起承転結」自体は学校でも習うような有名な構成ですが、シェイクスピアは、作品全体としてこのフォーマットに従いつつも、単純な一件落着ではなく、ここまで物語を共にしてきた読者・観客なら、この想像を超えた運命を受け入れざるを得ない……といった、劇的な「結」を投げかけて幕を閉じます。

また、起承転結という枠組みがあるからこそ、人間の恋愛、権力闘争といったふだん目に見えない人間の心をリアルかつドラマティックに描き出せているわけです。

五幕構成。この大きな枠組みさえ作っておけば、その中で登場人物を自由に動かし、形を与えることができます。シェイクスピアはこの基本的な型を駆使したからこそ、より多くの人に作品を届けることに成功しました。

シェイクスピアはパクリの名人!?

この世の物語のパターンは、すべてシェイクスピアが編み出した、と言われることがあります。

こう聞くと、シェイクスピアが全部の作品を0から1でつくり出したように聞こえるかもしれませんが、実は全然違います。

シェイクスピアは、パクリの名人なんです。パクリというと聞こえが悪いですが、様々な過去の作品から、ストーリーをたくさん盗んでいるのです。

今、小説でもイラストでも、パクリがばれたら大炎上します。これ、どこから持ってきたんだとか、お前の力じゃないだろと詰められたりしますよね。

シェイクスピアがやり玉にあがったら、年がら年じゅう炎上しているかもしれません。なぜかというと、有名作品から一般的に知られていない作品まで、ストーリーはほとんどすべて、それ以前の作品のものをシレッと使っているからです。あっちこっちの作品からいいところをつまみ食いして、合わせ技をする名人でもありました。

ただ、ここが大事なところなのですが、先行作品から盗み取って、そこに一滴のシェイクスピア・エッセンスを加えています。あるいは、この作品とこの話を組み合わせようという卓越したアイディアがある。

このことによって、単なるその時代のヒット作だった作品が、400年以上残る人類史上の大ヒットに変わった。これがシェイクスピアの天才たるゆえんなんです。

テーマを加えるパターン――『オセロー』

では、シェイクスピアはもとの作品をどのように変えたのでしょうか。

これにはいくつかのパターンがあります。

まずは、**人間の誰しも共通するテーマを一つ入れる**というものです。

例えば『オセロー』という作品は、嫉妬の話として非常に有名です。

主人公は、オセローという偉大なるムーア人の将軍。誰からも尊敬される英雄です。

そんな彼が、お金持ちの娘で美しいデズデモーナと結婚します。みんなは、オセローと一緒になれたデズデモーナいいな、デズデモーナと結婚できたオセローいいなぁと素敵な夫婦に羨望《せんぼう》の眼差しを向けます。

そこに、イアゴーという男が登場します。彼はオセローに憧れているけど、そこまでの実力がありません。「俺はなんでオセローみたいになれないんだ」と、オセローに嫉妬するわけです。

そして、幸せの絶頂にあるオセローに嘘を吹き込みます。オセローの妻・デズデモーナが、浮気をしているという、根も葉もない嘘です。しかし純粋なオセローはイアゴーの巧みな話術と策略にすっかりはまり、その嘘を信じて、嫉妬に駆られます。私がこんなに愛しているのに、なぜデズデモーナは他の男と浮気したんだ！と。

ここで混乱を生み出した張本人イアゴーは、怒り狂うオセローにこうささやきます。

用心なさい、将軍、嫉妬というやつに。
こいつは緑色の目をした化け物だ

（『オセロー』第三幕第三場）

なんだか見覚えありますよね？　そうです！「ことばの時間」で見ましたね。

ここで言う「将軍」とはオセローのことです。どんなに偉大な人間であっても、嫉妬で我を失ってしまえば、緑色の目をした化け物になるのだと。

化け物と化したオセローは、なんと最終的に妻のデズデモーナを殺してしまいます。実際に浮気をした事実はなく、イアゴーの真っ赤な嘘だったにもかかわらず、それを信じて嫉妬に駆られてしまった結果の悲劇でした。


これがシェイクスピアの四大悲劇の一つ『オセロー』のあらすじですが、実は、この作品にも原作はあり、ジラルディ・チンツィオの『百物語』の中にある話がもとになったと言われています。しかし、実は、原作には「嫉妬」ということばはたった一度しか出てきません。登場人物やあらすじはだいたい同じで不幸な話なんですが、ここに、シェイクスピアは「嫉妬」というテーマを加えたのです。実際、『オセロー』の中には「嫉妬」というワードがめちゃくちゃいっぱい出てきます。

原作をもとにしながらも、人間の普遍的な感情を作品のテーマとしたことで、世界中の人が読み、上演され続ける名作になりました。ここでの一滴のシェイクスピア・エッセンスは、「嫉妬」。素晴らしいアイディアですよね。

違う話を組み合わせるパターン――『ヴェニスの商人』

もう一つは、**全く異なる作品を組み合わせる**というパターンです。『ヴェニスの商人』がまさにこれです。

あらすじを簡単に説明すると、ヴェニスの商人アントーニオは、友人バサーニオのために、ユダヤ人の金貸しシャイロックからお金を借ります。その際、返済ができなければ「アントーニオの心臓に最も近い1ポンドの肉」を提供する、という厳しい契約条件を受け入れます。一方、アントーニオから援助を得たバサーニオは富豪の娘ポーシャに求婚するために、彼女の父親が遺した箱選びの試練に挑戦します。

アントーニオとシャイロックの契約の話は、14世紀のジョヴァンニ・フィオレンティーノの短編小説集『Il Pecorone』に登場する、「1ポンドの肉」を要求する契約の話からインスピレーションを得ています。また、ポーシャの箱選びのエピソードは、ジョヴァンニ・ボッカッチョの『デカメロン』に収録された「グスタヴィヌス」の話や中世の寓話から影響を受けているとされます。もともと全く違う話をガシャンと一つにしているのです。

以前、投資家の村口和孝さんという方とお話ししたときに、なるほどと思ったことがあります。村口さんはベンチャーキャピタリストで、未来ある企業に投資をするという、まさに貿易船に投資をしている『ヴェニスの商人』の主人公アントーニオのような仕事をしているのですが、村口さんによると、『ヴェニスの商人』で組み合わされている二つの物語は、ビジネスでチャンスをつかみ、成功するために絶対に必要なものなのだそうです。

一つは、リスクを伴う大胆な投資の話です。長い経験から信頼に足ると信じた親友を助けるために、アントーニオがシャイロックからお金を借りるという行為は、高リスク・高リターンのビジネスを行う上での心構えとなります。もう一つは、慎重かつ賢明な選択をすることの重要性です。バサーニオが箱選びの試練に挑戦し、正しい箱を選ぶことができたのは、慎重かつ賢明な判断を下したからです。これら二つの要素が組み合わさることで、ビジネスにおいて成功するために必要なことは何なのか、ということが物語を通じて体得できるようになっているのです。貴族や商人など当時のビジネスマンがこぞって『ヴェニスの商人』を観て学んだのでしょう。時代を超えてヒットする作品はそれだけの理由があります。

『オセロー』の場合は「嫉妬」というキーワードを作品に入れ込んで普遍的なテーマをつくり出しましたが、『ヴェニスの商人』のように、一見違うような話を組み合わせることで、人類共通の成功の秘訣が浮き彫りになる、ということもあります。

キャラ強めにするパターン――『ハムレット』

シェイクスピアが原作をアレンジするときによくやる、もう一つのパターンが、**キャラ設定をめちゃめちゃ強くする**、というものです。

代表的な作品が『ハムレット』です。

シェイクスピアの代表作ですが、これにも原作があると言われています。『スペインの悲劇』という戯曲が影響を与えたとされていますが、原作の主人公は、そんなにキャラは濃くなく、名前もハムレットではなく、ヒエロニモでした。

『スペインの悲劇』の主人公ヒエロニモは、息子の死に対する復讐に燃える、単純明快なキャラクターです。彼の行動は直線的です。

一方、ハムレットは哲学的かつ内省的なキャラクターで、父の死後、母が叔父と再婚したことを嫌悪し、叔父へ復讐しようかどうかと絶えず悩み続けます。彼の行動は一貫性に欠け、優柔不断で、いつもうじうじしています。

もともとは単純だったキャラクターに、シェイクスピアはハムレットという名前を与え、ひたすら独り言を言いまくる人物として造形しました。

でも、独り言をつぶやき続ける主人公なんて、全然主人公らしくないですよね。ふつうに考えてエンタメにならないような気がします。一日中SNSでつぶやいてるようなもんです。実際上演するときも、5分から10分ぐらいの長い独り言が、計8回入ります。ずーっとぐちぐち、なよなよしてるんです。

そんな作品が、なぜ名作になったのでしょうか。

実は、そんな**うじうじ悩みまくるハムレットに、お客さんが感情移入しちゃう**んです。ああでもない、こうでもない、「生きるべきか、死ぬべきか」、やろうか、やるまいか……そんなお悩み相談を聞いているようなものです。聞いているうちに、ハムレットが悩みを抱える友だちのように見えてきます。もしかしたら、当時の劇場では「ハムレット、悩んでないで行っちゃえよ！」。そんな言葉が飛んでいたかもしれません。

『スペインの悲劇』と『ハムレット』のもう一つの大きな違いは、劇中劇の使い方です。劇中劇とは、文字通り、物語の中で、登場人物たちによって演劇が行われること。観客が観ている劇の中で、劇が上演されます。これもシェイクスピアが好んで使った手法です。

『スペインの悲劇』では、劇中劇は復讐の手段として利用されますが、『ハムレット』では、劇中劇が真実を暴くための重要な場面として描かれていて、ハムレットの葛藤をさらに深める要素として機能します。同じ手法が使われているのに、物語におけるキャラの性質が変われば全く意味や質が変わるんですね。『ハムレット』の劇中劇はすごくスリリングで、観る者をグッと惹きつける物語の山場となっているので、ぜひ読んで／観てみてください。

うじうじ悩み続ける主人公をひたすらに描く『ハムレット』は、「文学のモナ・リザ」とも言われ、シェイクスピアの最高傑作とされます。時代の変化を見据えた作品とさえ言われます。かっこいい英雄的主人公をドラマティックに描くのではなく、等身大の人間が苦悩するさまを徹底的にリアルに描いたからこそ、時代を超えて現代の私たちにも響く内容になったのです。

あり得ない設定にするパターン――『リア王』

もう一人、濃いキャラクターを紹介しましょう。濃いどころか、実はあり得ないキャラクターです。

その名もリア王。

作品のタイトルにもなっている『リア王』は四大悲劇の一つに数えられます。実際に舞台を見てみると、主人公のリア王は、たいていちょっとお年を召した役者が演じています。

しかし、演じる俳優には異常なまでのエネルギーが求められます。『リア王』を下敷きにした黒澤明の映画『乱』では、リア王（映画では一文字秀虎）の役を、当時49歳の仲代達矢さんが特殊メイクを施してシワシワのおじいさんとして演じています。

シェイクスピアの戯曲を読むと、リア王の年齢は80歳に設定されています。今でこそ元気な80歳の方はたくさんいますが、シェイクスピアが生きていた16世紀のロンドンにおいて、平均寿命は30歳から40歳ぐらいでした。なので、80歳という年齢設定は当時の感覚からすると、あり得ないぐらい高齢といえるでしょう。

シェイクスピアはこの年齢設定によって、**物語の緊張感を高め、リア王の絶望や怒りを一層強調する**ことに成功しています。今の私たちの感覚からすると、２００歳みたいなものです。そんなちょっと信じられないぐらいの老人が、財産分与の問題で娘たちに迷惑をかけまくり、愛想をつかされて嵐の中に放り出されます。

みなさん、よぼよぼのおじいちゃんを嵐の中に放り出したことありますか？（あったら警察に出頭しましょう！）そんなことしたらやばいですよね。そんな、もう生きているのが奇跡といえるぐらい高齢の老人が荒野に放り出され、こう叫ぶのです。

風よ、吹け、貴様の頬が裂けるまで！　吹け！　吹き荒れろ！

（『リア王』第三幕第二場）

もう、めちゃくちゃ怒り狂ってます（このセリフについては次の第三幕「ＰＬＡＹの時間」で詳しく見ていきます）。

今にして２００歳ぐらいのおじいちゃんが嵐の中で怒りまくる、という相当パンチの強いシーンです。かなりオーバーな設定にしているわけですよね。

でも、あり得ないのに、見ていると哀しくて可哀そうで、いたたまれなくなってきます。**荒唐無稽な設定なのに、どこかリアルに感じてしまう。**

それは、表面的な人間の姿かたちのリアルさではなく、人間の奥底にひそむ感情をリアルに描いているからです。

私の世代だと『ドラゴンボール』を観て、あんな筋肉隆々のキャラクターがいるはずないのに、なんだかリアルに感じていました。今なら『ONE PIECE』も腕が伸びるなどぶっ飛んだ設定ですが、関係なくキャラやストーリーに感情移入してしまいますよね。

リア王の元ネタについても少し触れておきましょう。

元ネタとされるジェフリー・オブ・モンマスの『ブリタニア列王史』やラファエル・ホリンシェッドの『年代記』では、リア王の具体的な年齢については触れられていません。シェイクスピアはこれらの伝説や物語を基にしつつ、想像力を加えてリア王のキャラクターを作り上げました。『リア王』は、主人公がありえないほど高齢というその設定により、観客に強烈な印象を与え、物語の深みを増しているんですね。

なぜアクの強いキャラばかりなのか

小説家の太宰治は、みなさんご存じですよね。

『走れメロス』『人間失格』といった作品を読んだことがあるかもしれません。太宰治はシェイクスピアが大好きで、『新ハムレット』という作品まで書いています。

そんな太宰治は、シェイクスピアの登場人物は、**「情熱の火柱が太い」「登場人物の足音が大きい」**と書いています。たしかにシェイクスピアの作品には、ケタ外れの人間力を持ったキャラがどんどん出てきて、しっちゃかめっちゃかにやりあいます。先ほどから取り上げている作品もそうですし、恋愛劇もそうです。歴史劇などでは、もう勘弁してくれというほどに！

基本的には、笑っちゃうくらいに迷惑な奴らです。失敗もたくさんする。なのに大きな成功をつかんだりもする。

そのキャラクターたちは一見すると、アクが強すぎて、私たちとは無関係に感じるかもしれません。

でもみなさん、学校や職場で日々過ごす中で、むちゃくちゃ腹が立つこと、ありませんか？　嫌なことを言われて怒ったり、同業他社に先を越されてハラワタが煮えくり返ったり、あの人が他の人を好きになったら絶対にイヤだと思ったり、どうしようもない、やり場のない気持ちでもがき苦しむこと、ありますよね。あるいは、仕事や勉強で成果が出て飛び上がりたくなるぐらい嬉しかったり、相思相愛になって盛り上がって、それがものすごく劇的な展開に感じることもありますよね。

そんな時には、表向きには冷静に装っていても、心の中にいる自分は手と足をバタバタさせて感情を表現していませんか？　**人が奮起したり、情熱を傾けたりしているときは、必ず「足音が大きい」**んです。周りに迷惑をかけるぐらい……。だから多くの場合、それを私たちは恥ずかしく思ったり、隠さないといけないと思っています。

しかし、シェイクスピアの作品には、それを堂々とやっているキャラクターがたくさんいます。彼らは感情を前面に出し、自分の人生を謳歌します。建前では動いていないのです。「これだ！」と決めたものに突っ走る人々が出てきます。とにかくキャラのアクが強いのです。それは本書に重ねて言えば、「14歳」のマインドを持つ人たちです。

シェイクスピアは実際にいる人々よりデフォルメされた、濃ゆいキャラを作品に登場させることで、テーマをより明確にし、そこから人間の普遍性を抽出して描こうとしたのだと思います。

そんなシェイクスピアのキャラを見ていると、私たちは、現実世界での足音をもう少し大きくしてみてもいいかな、と思えてきます。

みなさんも、ぜひ自分の足音に耳を澄ませてみてください。あなたというキャラクターの人生の音が聞こえるかもしれません。

シェイクスピアのストーリーは大規模世界モデル？

ところでみなさん、大規模言語モデルって聞いたことありますか？

大規模言語モデル（ＬＬＭ）とは、たくさんの文章を読み込み、学習したＡＩのことです。たとえば、質問に答えたり、物語を書いたり、翻訳したりするのが得意です。私がこの本を書いている時点で代表的なものには、GPT－4というモデルがあります。すごいスピードで人類が研究を進めている、AIの言語モデルです。

これに似た考え方で、**「大規模世界モデル」（LWM）**というものがあります。

これは、いろんな情報を組み合わせて、現実の世界をシミュレーションするモデルです。たとえば、気候変動を予測したり、都市の交通をシミュレートしたりします。これにより、問題を解決したり、未来を予測したりすることができます。

そんな観点から考えた時、**シェイクスピアのストーリーは「大規模世界モデル」なのではないか**と私は思います。シェイクスピアは元ネタとなる原作をベースにしながら、そこに〝人間〟、あるいは〝リアルな世界〟というエッセンスを加えて自分なりに「編集」しました。面白いストーリーをつくろう、からスタートしたのではなく、人間と世界のありようはそのままで面白いので、そのありのままの世界を鏡に映すように描くにはどうしたらいいだろう、というところから始まっているのだと思います。

彼は作品を通じて当時の社会や人間関係、感情、道徳、政治など複雑な要素を巧妙に織り交ぜています。シェイクスピアはその時代の世界を広範に描写し、多様な要素を組み合わせて生き生きとした物語をつくり出しました。

この視点に立てば、シェイクスピアの作品はまさに彼自身の時代を反映して精緻に作り上げられた大規模世界モデルだと言えるでしょう。

事実は小説よりも奇なり。作り話よりも、現実の世界のほうがリアルで面白い。彼自身が肌身で感じた世界のリアルを反映しているがゆえに、いつの時代も変わらないリアリティのあるものとなり、現代にいたるまであらゆる時代の人間に受け入れられているのです。

シェイクスピアのストーリーは現実の映し鏡。

ということは、**シェイクスピアの作品を自分のものにすれば、今、直面している現実にどう向き合うか、どう対処できるか、その心構えを持てるようになります。**目の前の現実に、シェイクスピアのストーリーやことばを当てはめてみることで、突破口が見えたりします。

これこそがシェイクスピアのストーリーから学べる一番の面白さです。

人生の旅の頼りになる羅針盤——ぜひポケットに、シェイクスピアを忍ばせてください。

第三幕

PLAYの時間

CHAPTER 3

・

TIME
FOR
"PLAY"

この世界は舞台、主役は自分!

みなさん、演劇を観たことはありますか?

学校で劇を演じたことがある方や、授業の一環で劇場に観に行ったことがある、という方もいるかもしれません。

しかし、シェイクスピアはこう考えました。演劇は劇場だけで観るものじゃない。劇場で行われていることだけが演劇なんじゃなくて、**この世界、地球で行われていることすべてが演劇だ**と言ったんです。

こういうセリフがあります。

この世界すべてが一つの舞台、
人はみな男も女も役者にすぎない。
それぞれに登場があり、退場がある、

出場《でば》がくれば一人一人が様々な役を演じる

（『お気に召すまま』第二幕第七場）

つまりみなさんは、**人生というストーリー＝演劇の主役**、というわけです。

そのストーリーは楽しかったり、悲しかったり、場合によっては絶望のどん底に落ちたり、幸せの絶頂を迎えたりする。シェイクスピアは人生、世界そのものが演劇だという、ものすごく広い視野で演劇をつくっていました。

日々生きていると、私たちは何かしら行動します。学校に間に合わなくて走る、恋人と抱き合う、苛立って机をたたく、それには身体の動きが伴います。

さらにそこでは身体だけでなく、感情もともに動いています。友達とご飯を食べてめちゃくちゃ楽しかった、最愛の人ができてこの上ない幸せを感じた……。

その感情というのは瞬間的なものです。ある出来事が起きて、行動し、感情が沸き起こる。その瞬間瞬間の体と心の動きを、シェイクスピアはことばでフリーズドライしました。

その瞬間冷凍したものが、戯曲です。

シェイクスピアの戯曲を演じたり読んだりすることは、それを「レンジでチンする」ことなんですね。あるいは熱湯を注ぐことです。

そうすると、そのフリーズドライした「好きだ!」という激烈な感情や行動が、一気に「今」のものとして、ホカホカの状態で目の前に立ち現れる。そして自分事になる。

そのレンジチンをするのは誰か——それは、**読者である、私たち**です。

読者は、作品を読むことで、想像力で温めることができます。

「ああ、こういうことか」と脳内でイメージしながら、シェイクスピアの世界を楽しむのも最高に面白い。けれども、私は、脳内だけでなく、自分の体そのものを使ってシェイクスピアを「楽しむ」ことをおすすめします!

あなたの体そのものを使って、そのレンチンしたものを楽しむ、味わう、疑似体験する。シェイクスピアを「体感」すること。

シェイクスピアは観るのも、学ぶのも楽しい。

だけど、**もっと楽しいのは「やる」なんです。**

「やって」みて、その後に「読んで」みるとまた面白いんです。この往復運動で人生そのものが楽しくなります。ぜひ、セリフを言ってみたり、ちょっと動いてみたりということをして、自分の中にある感情を呼び覚まし、表現力を身につけ、楽しんじゃいましょう！

これが第三幕「PLAYの時間」です。ここでは「PLAY」を「演じる」「表現する」「遊ぶ」という意味で使っています。

え、恥ずかしい？

大丈夫です。ほんのちょっと、できるところからで大丈夫です。きっと新しい自分と出会えますよ。

『リア王』のことばを読んでみよう

まずこちらの作品からはじめましょう。

『リア王』です。

シェイクスピアの中でも最高峰と言われる四大悲劇というものがあります。この四大悲劇は、主役がみんな死ぬ劇です。『ハムレット』『オセロー』『マクベス』、そしてこの『リア王』です。

これから表現してもらうのは、その主人公、リア王のセリフです。作品の真ん中あたり、一番面白くなってきたところで、このセリフがドーンと出てきます。シェイクスピアはよく五幕構成のうちの三幕二場あたりで、キレッキレのことばで人間の奥深いところをえぐり出していきます。

『リア王』の、信頼していた娘たちから裏切られ、風が吹き荒れる荒野に、ひとり年老いたリア王が放り出される、そんな場面です。

すべてを失ってしまったリア王は、何と言うのか。

ちょっと、みんなで読んでみましょう。

風よ、吹け、貴様の頬《ほほ》が裂けるまで！　吹け！　吹き荒れろ！
豪雨よ、竜巻よ、ほとばしれ！
そびえる塔を水没させ、風見《かざみ》の鶏《とり》を飲み込め！
稲妻よ、電光石火の硫黄《いおう》の火、
柏《かしわ》の大木をつんざく落雷の先触れよ、
この白髪《しらが》頭《あたま》を焼き焦がせ！　天地を揺るがす雷よ
地球の丸い腹を真っ平《たいら》に叩きつぶせ！
大自然の鋳型《いがた》を打ち壊し、
恩知らずな人間の種という種を

ただちに破壊しろ!

(『リア王』第三幕第二場)

……ちょっと「!」過ぎですね。

まず、シェイクスピア作品を声に出して読むときのポイントがあります。

それは**句読点(「、」「。」)に気をつけて読む**ことです。

読点「、」は、目で見て読みやすいように文字を区分けするためにあります。なので、読み上げるときは、「、」で止めてもいいし、つなげて読んでも大丈夫です。

ですが「。」や「!」「?」では、一回ちゃんと間を開けてください。一つの文に一つの考えが込められています。つなげちゃうと、二つの考えを一息で言うことになってしまいます。読む方も、聞く方も頭がごちゃごちゃになって面白さが半減してしまうのです。なので、

風よ、吹け、貴様の頬が裂けるまで!

ここまでをまず、一息で読んでみましょう。「貴様の頬」というのは、風そのものを指

しています。風に対して、その頬が裂けるまで「吹け！」って怖くないですかこれ……！　こんなことば、なかなか日常では出会いませんよね。

さらに進めていきましょう。


吹け！　吹き荒れろ！

豪雨よ、竜巻よ、ほとばしれ！

そびえる塔を水没させ、風見の鶏を飲み込め！


もうヤバいですね。みなさん、風に命令したこと、ありますか？　雨に命令したり、竜巻に命令したこと、ないですよね。このあたり、めちゃくちゃシェイクスピア・ポイント高めです。

さらには「吹け」だけじゃなく**「吹き荒れろ」**と、追加されます。吹いた上で「荒れろ」と風に命令し、次は雨に命令します。しかもただの雨じゃない。**「豪雨」に命令**します。そこには竜巻が発生していて、何と命令するかと思うと、「ほとばしれ！」。もう少年ジャンプみたいな世界観ですね。

そして「そびえる塔を水没させ、風見の鶏を飲み込め！」と続きます。「そびえる塔」

というとイギリスで言えばロンドン塔などが思い浮かびます。日本なら東京スカイツリー、あるいは昔で言えば五重塔とかでしょうか。「スカイツリーを水没させろ!」なんてすさまじい嵐です。もう**人類の手に負えないほどの天変地異**を起こそうとしている。この文章を読むと、私はいつもハリウッド映画を思い浮かべます。

さらに続けましょう。

稲妻よ、電光石火の硫黄の火、
柏の大木をつんざく落雷の先触れよ、
この白髪頭を焼き焦がせ!

稲妻よ、と一回呼びかけておいて、「電光石火の硫黄の火」「柏の大木をつんざく落雷の先触れよ」と**稲妻をどんどん言い換えて**います。そして何を命じるかと言うと、「この白髪頭を焼き焦がせ!」。

白髪頭というのはリア王自身、つまり自分の頭に「雷を落とせ!」と言ってるわけです。ここで面白いのは、最初は「風よ、吹け、貴様の頬が裂けるまで」と風に命令しながら、その実、自分の大嫌いな相手に向けて呪詛《じゅそ》のことばを吐いていたんです。それが、どんどん豪雨や竜巻や稲妻の天変地異が巻き起こり、挙句の果てに「自分を焼き焦がせ！」まで行きつく。このリア王というキャラクターは、特定の相手を憎いというところから、自分自身まで消すべき存在だという恐ろしいところまで行きつきます。

さあ、まだ続きます。

天地を揺るがす雷よ
地球の丸い腹を真っ平に叩きつぶせ！

地球儀を想像してください。丸いですよね。その丸い地球を叩きつぶせ！と言っています。日本も、アメリカもイギリスもウクライナもロシアも中国も、南米もアフリカもアイスランドも全部叩き壊せ！と。スケールがどんどん大きくなってきました……。

大自然の鋳型を打ち壊し、
恩知らずな人間の種という種を
ただちに破壊しろ！

「大自然の鋳型」とは、「これに入れたら地球ができますよ」みたいな、地球のもとになる型のようなものでしょうか。それもすべてブッ壊して、恩知らずな「貴様」……ではなく、恩知らずな「人間」の「種という種」を全部破壊しろと。

これが、わずか1ページでリア王が到達した結論なんですね。ものすごい熱量とスピード感です。

息を吸うタイミングを意識しよう

ここで、読むときのポイントをお伝えします。先ほどの句読点とも重なりますが、息を吸うタイミングです。

一文をワンブレスで読むと、リア王の呼吸が手に入ります。

なぜか?

シェイクスピアのことばは基本的にワンセンテンス・ワンソート（一つの考え）で書かれているからです。先ほどもチラッと言いましたが、一つの文に一つの考え。これがポイントです。

ですので、できるだけ一つの文を切りすぎないこと。また文と文の間をつなげて読まないことが大事です。一文、ワンブレス。これを守るだけでも、随分整理された表現として読むことができます。

また、もう一つ大事なのが、**感情を込めすぎない**こと。

シェイクスピアのことばは、ラジオの実況中継みたいなものです。とにかく情報量が多いです。「ことばの時間」でも見たように、聴いて想像するために書かれたからです。形容詞などの修飾語がとても多い。なので、それら一つひとつに感情を込めていくと、文章全体で言いたいことがぼやけてしまうんですね。

ですので、ポイントは一文、ワンブレス。それを基本に考えながら、自分の身体と心と相談して息継ぎのタイミングを決めていくとグッドです。

次は、息を吸うところに○のマークをつけておきますので、そこでブレスをとって、次へ次へと読んでいってください。

途中、息が苦しくなって倒れそうになるところがあると思います。稽古場でもよく言うんですが、**ちょっと頑張ってみてください。**これ以上もう息が吐けない、というところまで息がなくなると、空気がフーッと勝手に入ってきます。それが、次のことばや行動につながるエネルギー、次の思考回路に移行するエネルギーになります。

呼吸が次のことばや行動を呼び起こしていくイメージです。そうやって登場人物の状態や関係も変わっていくわけですね。

では、○のマークで息を吸うタイミングを意識して、次のことばを声に出してみてください。

風よ、吹け、貴様の頬が裂けるまで！ ○ 吹け！ ○ 吹き荒れろ！ ○
豪雨よ、竜巻よ、ほとばしれ！ ○
そびえる塔を水没させ、風見の鶏を飲み込め！ ○ **（ここ、めっちゃ吸ってください！）**
稲妻よ、電光石火の硫黄の火、
柏の大木をつんざく落雷の先触れよ、
この白髪頭を焼き焦がせ！ **（ここまで一息です）**

その調子です。いいですよ、いいです！

「稲妻よ」から「この白髪頭を焼き焦がせ」まで一気呵成に言うことで、もう空気がなくなって苦しくなるはずです。本当に呼吸が苦しくなりながら、「この白髪頭を焼き焦がせ」という絞り出すような叫びが出るように書かれているんです。これはシェイクスピアも、翻訳者の松岡和子さんもすごく考えてくれていると思います。

途中で我慢できなくなって息を吸っちゃったら吸っちゃったで、大丈夫です。

でも、「ここの思考回路がつながっているぞ」「ワンセンテンス・ワンソートだぞ」「一つの文には一つの思考があるぞ」という心構えを持っておくことがとても大事です。

さあ、次もブレスを意識して声に出してみてください。

天地を揺るがす雷よ
地球の丸い腹を真っ平に叩きつぶせ！　○（大きく吸ってください）
大自然の鋳型を打ち壊し、
恩知らずな人間の種という種を
ただちに破壊しろ！　（ここまで一息です）

こういう風に、呼吸を意識しながら言うとどんどん臨場感が出てきますよね。

みなさんカッコいいです！

さらに表現を極めていきますよ。

自由に呼吸のタイミングを決めてみよう

ここまでトライしたら、今度は**自分なりに息を吸うタイミングを入れてみましょう。**さっき苦しかったところでは、ブレスを入れてみてください。途中で息を吸っても、ワンセンテンス・ワンソートというつながりは意識してくださいね。

次の◌のところのどこで息を吸うか、書き込んで試してみてください。いろんなバリエーションがあって大丈夫です。

風よ、◌吹け、◌貴様の頬が裂けるまで！◌吹け！◌吹き荒れろ！◌
豪雨よ、◌竜巻よ、◌ほとばしれ！◌
そびえる塔を水没させ、◌風見の鶏を飲み込め！◌
稲妻よ、◌電光石火の硫黄の火、◌
柏の大木をつんざく落雷の先触れよ、◌
この白髪頭を焼き焦がせ！◌
天地を揺るがす雷よ◌
地球の丸い腹を真っ平に叩きつぶせ！◌

大自然の鋳型を打ち壊し、◯
恩知らずな人間の種という種を◯
ただちに破壊しろ！

どうですか？　ことばに自分なりの緩急やうねりが生まれてきて、なんだか作曲しているみたいじゃないですか？　シェイクスピアのことばを表現するときは作曲家になった気持ちで取り組んでみると、面白さが格段に上がります。

もう一つ、読むときに気をつけると面白いポイントがあるんです。

「吹け」「吹き荒れろ」「ほとばしれ」など、は行のことば「ふ」「ふ」「ほ」がありますね。息を「フッ」と吐く音です。

「風よ、**吹**《ふ》け、貴様の**ほほ**が裂けるまで！　**吹**《ふ》け！　**吹**《ふ》き荒れろ」

この「ふ」の吐く音で、しっかりと吐くように意識してみましょう。本当に風が吹き荒れている臨場感が出てきます。

さらに次の、「**豪**雨よ、竜巻よ、ほと**ば**しれ！　そ**び**える塔を水**没**させ」では、濁音「ご」「ば」「び」「ぼ」を、頑張って強調して言ってみましょう。本当に豪雨や竜巻のようにことばが荒々しく立ち上がります。

こんな風に、ことばの音にも着目して読んでいくと、だんだん声に出すのが気持ちよくなってきます。


ところで、みなさん、やっているうちになんだか、体にエネルギーが生まれてきていませんか？


悪態をついているはずなのに、どんどん元気になる。ここが重要です！

シェイクスピアのことばをしゃべると、元気になるんです。シェイクスピア作品の特徴で、苦悩している人ほどかっこいいことばを話すんですね。

表現の面白さという点で言うと、シェイクスピアのことばには、相反する二つのものが見事に共存しています。

その二つとは、**「野性」と「理性」**です。

野性とは、人間であれば生まれた時から持っている原始的な感情、動物的な本能の部分です。理性とは、人間が作り上げた極めて人工的で知的な、ことばによる論理です。

この相反する、強い感情と美しいことば、正反対のものが同居する人間を、シェイクスピアは作り上げているのです。普通だったら、「ふざけんな！」「てめーやっちまうぞ！」「やってらんねーよ！」みたいになっちゃう激烈な感情を、ことばを尽くして「豪雨よ、竜巻よ、ほとばしれ！」と言うことで、怒りという感情の中に想像力が喚起され、観る者、読む人も感情が揺さぶられ、心が沸き立つような感覚になります。

このことばの味わいを、ぜひ声に出すことで体感してみてください。そして日常でも真似してみてください。海外では、政治家もシェイクスピアをスピーチで引用したりしますが、やはりただ感情をぶつけるだけではなくて、レトリックを尽くした表現に落とし込む方が相手に伝わるし、自分自身の見え方も変わります。みなさんも、思い通りにいかない時があったら、「くそー！」ではなく「風よ、吹け！」と叫んでみるのもいいかもしれません（笑）。

身体も一緒に動かしてみよう

表現に関して、さらにもう一つ。

稲妻よ、電光石火の硫黄の火、
柏の大木をつんざく落雷の先触れよ、

この白髪頭を焼き焦がせ！

この箇所を、音楽のクレッシェンドのように、**最初は小さく、だんだん大きくなるように**読んでみてください。

そして、天に訴えかけるように、手を高々と、天に差し伸べながら声に出してみてください。すると、落雷が、どんどん迫ってきます。

美しいことばをエモーショナルな感情に乗せて、同時に身振り手振りを交えながら声に出す。これはものすごい快感です。これこそ、俳優がシェイクスピアを演じるのをやめられない理由なんです。

また、この一連のセリフには稲妻を表すことばが何度も形を変えて登場します。

「稲妻」→「硫黄の火」→「落雷の先触れ」

と表現が変わっていますが、これらぜんぶ同じ稲妻のことを言っているんですね。

シェイクスピアも相当稲妻にこだわって、気合いを入れて書いていると思われます。

なので、ここではちょっと親しい友達に語りかけるように「稲妻よ……」と優しくささやいてみたり、助けを求めるように「稲妻よ！」と強く呼びかけてみたり、あるいは懇願するように「稲妻よ……！」とお願いしてみたり、いろんなニュアンスを自由に加え

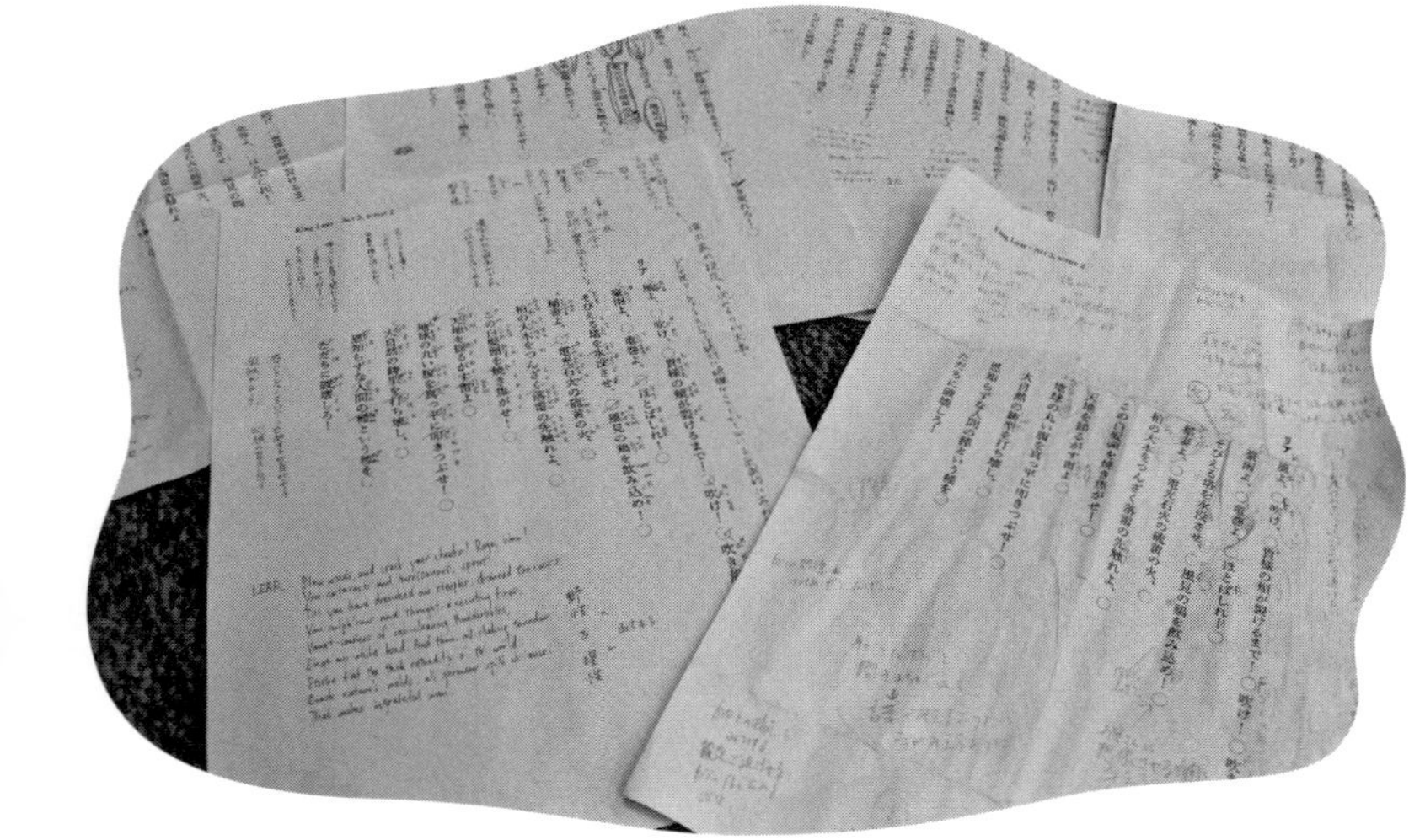

『リア王』のセリフを使ったワークショップでの俳優たちの書き込み

てみてください。

そしてそこから「柏の大木を……」とクレッシェンドで盛り上げていって、「この白髪頭を焼き焦がせ！」と歌のサビのように高らかに表現し、そのまま盛り上がって、「恩知らずな人間の種という種をただちに破壊しろ！」でフィニッシュ！

地面に倒れ込んでもいいですし、天に身を投げ出してもいいです。

このように、**ことばに引っ張られるように身体を動かしていく**と、リア王というキャラクターが持つ怒りや業の深さ、孤独や哀愁を、身をもって体感できます。

ここまで読んできて、ことばに自ずと動きが生まれてきましたね。400年以上前のことばなのに、今を生きるあなたの身体が突き動かされて生き生きとしてくる。これこそが、シェイクスピアを「やる」、表現することの醍醐味です。いろいろな俳優たちのことばへの書き込みを掲載しておきます。見てみるととても楽しそうですよね。シェイクスピアはやっぱり「やる」のが一番！　シェイクスピアが描くキャラクターやことばを表現するのは、面白くて仕方ないんです。

『夏の夜の夢』はロマンティックだけど同時に……

ここまで取り組んできた悲劇の『リア王』からちょっと趣を変えて、ロマンティックな世界を表現してみましょう。『夏の夜の夢』という作品です。これはシェイクスピアの作品の中でも親しみやすく、上演回数もとても多いです。表現の入門にはもってこいの「恋」をテーマにした喜劇です。

まず取り上げるのは、恋する青年のことばです。

ライサンダー（目を覚ますなり）そして、火の中にだって飛び込んでみせる、◯

かわいい君のためなら！◌
透き通るように美しいヘレナ！◌自然のなせる不思議なわざ、◌
その胸の奥に君の心が見通せる。

（『夏の夜の夢』第二幕第二場）

目が覚めるなり、いきなり「そして」から始まるんです。「おはよう」みたいな挨拶じゃなくて、いきなり火の中に飛び込んでいく勢いです。かなり迷惑なやつで、まいっちゃいますね。さらに目覚めた時に目の前にいたヘレナという女性に対して「かわいい」「美しい」と褒めまくります。挙句の果てに「君の心が見通せる」。ちょっと行き過ぎです。

実はこのライサンダーは、眠っているまぶたに「浮気草」の汁を垂らされたために、目覚めて最初に見るものを好きになる、という薬の効いた状態なんです。恋人のハーミアという女性とラブラブだったにもかかわらず、浮気草のせいで、目を覚ました途端に全然関係ないヘレナに対して「好きだ！」と猛烈アタックを開始しているわけです。

ぜひ、好きな◌のところでブレスをとって、このセリフをいろいろ表現してみてください。「ヘレナ」をあなたの好きな人に変えて、直接言ってみてどんな反応になるのか見るのも面白いかもしれませんね。それで変な顔で見られても責任持てませんが。
実は、この「浮気草」にはシェイクスピアが込めた意味があります。それは、「男は見た目でばかり判断して、上っ面に弱い」というアイロニー(皮肉)です。男ってこういうやつばっかりだよね、という**「あるあるネタ」**なんです。なので演じる時は、目いっぱい「こういうやついるよね」「ばかだよね〜」とネタにするみたいに演じてみてください。

『夏の夜の夢』には、こうした激烈な愛のことばがたくさん出てきます。
今度はディミートリアスという、これまた浮気草をまぶたに塗られた男の、目覚めのシーンです。彼もまた目覚めた途端に同じくヘレナを見てしまい、めちゃくちゃ求愛します。しかも今度はさらにストレートです。

ディミートリアス (目を覚まして) ◌ ああ、ヘレナ、◌ 女神、◌ 森の精、◌ 完璧な神々しい人! ◌
恋人よ、◌ 君の瞳を何にたとえよう! ◌
水晶なんか泥だ。◌ ああ、ふっくらとした赤いその唇は ◌
まるでキスしているサクランボ、◌ ああ、そそられる! ◌

東の風に扇《あお》がれて硬く凍った
トーラス山脈の高嶺の白雪でさえ
君がその手を掲げればカラスに変わる。

（同書、第三幕第二場）

ちょっとヤバすぎますね。好きなのはわかったけど、「唇」をサクランボにたとえて「そそられる！」はまっすぐ過ぎます。

そして、美しい山の白雪でさえ、あなたの手と比べればカラスぐらいに黒い、と。一言で言えば、「あなたの手は雪よりもっと白くて美しい！」ということです。

実はこの表現、ちょっとエロティックな意味も含まれています。ここに出てくるトーラス山脈は、実際にトルコ南部にある山脈ですが、けっこう際立った山なんです。なのでこの箇所は、ディミートリアスがヘレナにそそられて興奮している、という性的なメタファーにもなっています。「君がその手を掲げれば」というのも、触ってほしい、という意味も含まれているんですね。ものすごく美しい愛のセリフかなと思いきや、そういう意味も込められている。**ロマンティックなことばに、同時にきわどい意味が隠されている**という表裏一体が、『夏の夜の夢』の面白いところです。

シェイクスピア作品には、こうした「匂わせ」で相手を暗に誘うような、性的なセリフが随所に登場します。しかし、その表現が露骨ではないところがポイントです。『夏の夜の夢』は、ある貴族の結婚式の余興のために書かれたという説があります。結婚式の二次会用ですね（なんて贅沢な二次会でしょう！）。

つまり、劇場で上演される前に、貴族の家の庭で上演されたのです。そのため、出席した人たちがハメを外してこっそり関係を結べるように、観る者がちょっと興奮するような仕掛けがあちこちにあります。物語の中のキャラクターが一線を越えるようなことをすると、観客も現実世界で一線を越えやすくなる、ということですね。愛のことばをささやいて美しい、だけではないんです。

表現するときは、ロマンティックだけじゃなく、ちょっとエロティックに演じてみてください。思い切ってやってみると、なかなか楽しいです。

男性のセリフばかり見てきましたが、女性のことばもご紹介しましょう。

先ほどのことばを言われた側のヘレナです。実はヘレナは、ディミートリアスのことを一途に想っています。ヘレナはディミートリアスを追って、深い暗い危険な森に来ます。そこで大好きな彼に向かって、こんなことばを浴びせかけます。

ヘレナ　あなたの人徳が私の宝の守り手よ。◯
あなたの顔を見ていれば夜も夜じゃない。◯
だから今だって夜とは思えない。◯
この森だって人里離れたところじゃない。◯
だって、◯私にとってはあなた一人が全世界。◯
どうして一人ぼっちだなんて言える？◯
こうして全世界が私を見てるのに。

（同書、第二幕第一場）

愛する人が目の前にいれば、そこがどんなに恐ろしい場所だったとしても全く気にならない——愛する人間の無敵で豊かな感情、美しさとエネルギーに満ちています。

あえて「だって、」の後にブレスポイントをつくりました。しっかりとそこで相手を見つめて息を吸い、あふれる想いをストレートに届けてみてください。「私にとってはあなた一人が全世界」。このことばを全身全霊で伝えるヘレナをぜひ体感してほしいです。

次は、妖精の女王ティターニアのことば。ティターニアはかっこいい夫がいながら、ロバ頭のおやじに情熱的な愛の告白をしてしまいます。実はティターニアもまた、ほれ薬をまぶたに塗られ、目覚めて最初に見た者を好きになってしまう魔法をかけられていたのでした。そんな前提とともに、このことばを言ってみてください。ロバ頭のおじさんに向かって情熱をほとばしらせる、コメディの主人公になったつもりで、さあどうぞ！

ティターニア　お願い、優しい方、◯もう一度歌って。◯
この耳はあなたの歌声にうっとり聞き惚れ◯
この目はあなたの姿かたちに見とれている。◯
あなたの美しさにこもる力は私の心を揺さぶり◯
一目見ただけで誓わずにいられない、愛しています。

（同書、第三幕第一場）

どうでしたか？　シェイクスピア作品の登場人物は、とてもかっこよくて魅力的です。演じる時はぜひ、自分の中に眠っている感情を引き出すように、思い切って表現してみてください！

感情を「遊んでみる」

私は、俳優がシェイクスピア作品を演じているのを観ると「感情を、めっちゃ遊んでいる！」と感じます。

先ほどリア王が怒っている場面を取り上げましたが、シェイクスピアは、怒りそのものを描くというよりも、「怒り」といった**人間の感情を「遊んで」いる**のです。あまりうまくない俳優は、「怒り」の演技をする時に、がむしゃらに怒って、怒鳴ってしまいます。怒りの感情に「のまれている」状態です。そうすると、シェイクスピアの魅力が半減してしまいます。ことばをそのまま届けるだけで多面的な意味が伝わるのに、そこに怒りの感情が加わることで、ことばの意味が一つの色で塗りつぶされてしまうんですね。ことばが怒りに支配されてしまうのです。

良い俳優は、怒りという感情をきちんと「扱い」ます。感情をおもちゃのように様々な形で楽しみながら、コントロールします。

シェイクスピアの作品や登場人物は激情的と言われますが、**実は、「感情的」からは一番遠いのです。感情に振り回されているのではなく、感情と遊んでいます。**私はよく稽古場で役者に「のめり込まないでください」と言います。音楽でも、のめり込み過ぎるとテンポがズレちゃったり、演奏が崩れてしまいます。リア王を表現するときにも本気で怒るのではなく、少し引いた目線を持ちながら、この感情でどう遊ぼうか？ 楽しもうか？ という視点を持つことが大事です。

「遊ぶ」は、英語で〝ＰＬＡＹ〟と言います。そして「演じる」もまた〝ＰＬＡＹ〟です。**演劇は、遊ぶためにある**んです。キャラクターの気持ちに入り込みすぎて感情にのまれてしまうと、遊びがなくなってしまいます。

シェイクスピア作品にはふつうの考え方では理解できないような、感情の飛躍がしばしば出てきます。

『じゃじゃ馬馴らし』という作品で、「俺はたくさん勉強して出世する！」という勉学に熱心な青年が出てくるのですが、ビアンカという女性を見た瞬間、自分の召使（トラーニオ）に向かって、

トラーニオ、あの淑やかな妹娘が手に入らなければ
俺は燃え尽き、やせ細り、息絶えるぞ、トラーニオ。
教えてくれ、トラーニオ、お前ならどうすればいいか分かるよな、

手を貸してくれ、トラーニオ、お前ならできるよな。

（『じゃじゃ馬馴らし』第一幕第一場）

なんて言うんです。さっきと言ってること違うじゃないか！　劇場の観客全員で総ツッコミをいれたくなります。

また、『ロミオとジュリエット』も、ロミオは、はじめジュリエットではなく、ロザラインという人が好きなんです。ロザライン大好き、あんな人は二度と現れない！　そんなロミオから始まります。でも、友達に誘われたパーティにいやいや行ってジュリエットを見た瞬間、こう言います。

俺の心は今まで恋をしたことがあっただろうか？
目よ、ないと言え！

（『ロミオとジュリエット』第一幕第五場）

どうなってんねん！　全力でツッコみたくなります。
本当に、感情の飛躍が激しいです。言い換えれば、感情で思いっきり遊んでいます。

でも、実は人間の心理って、案外これぐらいムチャクチャだったりしますよね。すっごく好きな人がいたのに、ふとしたきっかけでもう別の人が気になり出したり、この仕事は天職！と思った次の日には別の仕事に魅力を感じたり、甘いもの好きだったのにせんべいが急に食べたくなったり（え、ちょっと違う？）……みなさんも、心当たりありますよね。人間の感情は常に安定しているわけじゃなく、時には自分自身でも説明できないほど矛盾しているものです。

シェイクスピア作品を読むのは、難しい解釈をする時間ではなく、そんな矛盾だらけの人間を改めて見つめ直して、**「人間ってそうだよね！」**と思う時間なんです。人間そんなもんだよね、ってちょっと笑いのめすぐらいでいいんです。先ほどの『じゃじゃ馬馴らし』や『ロミオとジュリエット』のことばを読んでなんだか笑っちゃう、「なんでやねん！」とツッコみながらも受け入れちゃうのは、人間なら誰しも心当たりがあるからなんですよね。

シェイクスピアは戦争をテーマにした作品ですら、戦争というもので「遊んで」いるんです。戦争をテーマにしたら、戦争は悪いよねとか、考えさせる作品にしなければと意気込んでしまいそうですが、シェイクスピアからすると、そこに渦巻く人間の感情で遊んでいる。「遊んでいる」というと軽く聞こえるかもしれませんが、戦争という過酷な状況下でも人間の精神には自由さがある、という人間礼賛でもあるのです。戦争は良いものではない、しかし、そんな世界でも人間は人間を謳歌していると。

その方が、逆に真実が見えてきて、観る側の考えが深まったりもします。

コンフォートゾーンを抜け出す

私は今、「演劇の学校」というものを始めています。これは俳優ではなく、一般の人を対象として、演劇で遊んじゃおう、というスクールです。

シェイクスピアの戯曲をやると、**「コンフォートゾーンを抜け出す」**ことになります。

コンフォートゾーンとは、ふだんの自分が何のストレスもなく過ごしている状態のことです。例えば家でダラダラ過ごす生活は、何もしない、動かなくていい世界です。でも、ずっとそれだと物足りなくなるのが人間です。とはいっても、ふだんと違う世界に行くのは、けっこう勇気がいることです。好きな人に手をのばすのは、すごく勇気がいります。嫌いな人に「あなたは間違っている！」と伝えるのもすごく勇気がいります。

でも、そのコンフォートゾーンを抜け出すことによって、自分が強くなったり、豊かになったりします。心の中ではそうしたいと思っているけど、実行に移せば何が起こるかわからない、そんな未知な世界。自分がどうなるか少しドキドキする、そんな次なる未来に飛び込む。それは自分の可能性を拓《ひら》くことにもつながります。偶有性（半分は予想できるけど、もう半分は何が起こるかわからない）のある世界に飛び込むことで、自分の人生が拓けたりもするのです。

私は演出をするにあたって、これまでの演技や演出のスタイルをいろいろ組み合わせて演じましょう、というのではなく、まずシェイクスピアの描いた「人間」たちがどんな風に与えられた困難や欲望に飛び込んでいくのか、そこからまず考えていきます。

シェイクスピアを演じる・表現するというのは、演劇という枠組みで演技を考えるということではなく、**「人間を探求する」**ことです。

それは小難しいことではなくて、**現代の私たちがついつい忘れがちな「ぼくらは人間なんだ！」ということをあらためて身体と感情で感じること**です。シェイクスピアを表現するとは、コンフォートゾーンを抜け出し、人間を遊び尽くすことができる、贅沢な喜び、ご褒美といえるかもしれません。

シェイクスピアの世界でなら、

愛する人に出会って走り出していい、

出世したいなら、他の人を蹴落としていい、
この世界をより良くするために身を粉にしていい、
最愛の人の死を心の底から嘆いて、仇《かたき》を思う存分とっていい、
飲んだくれて、大声で下品な歌を歌っていい、
相手を骨の髄まで呪って罵倒していい、
誰かの失敗を見て、誰にも気を遣わずに大笑いしていい、
自分の信じた道を堂々と大股で歩けばいい、
正義の旗を高々と振り、大手を振って進軍すればいい、
大悪党となって、世界を桎梏《しっこく》の恐怖で染め上げてもいい、
愛する人に「愛している」と全身全霊で伝えていい——。

シェイクスピアは、14歳の私たちにはうってつけの遊び場です。ここでは**どこまでも自由**に表現することができます。

シェイクスピア作品に、「ＰＬＡＹ」（＝演じる、表現する、遊ぶ）という武器を加えて旅に出れば、何でもできるも同然です。あなたが一歩踏み出す場所は、あり得たかもしれない自分に出会える場所、自分を拓くことができる場所でもあるのです。

この世はすべて舞台。さあ、次はあなたの出番です！

第四幕

演出の時間

CHAPTER 4

•

TIME FOR DIRECTING

演出とは、「もう一つの地球」をつくること

第四幕までやってきました。

ここまでことば、ストーリー、表現を通してシェイクスピアの世界にどっぷり浸ってきましたが、この時間は、私がみなさんに一番おすすめしたい「シェイクスピアの味わい方」を伝授します。

それは、演出です！

演出とは、作品をひたすら読み込み、味わい、いかにお客さんに一番喜んでもらうかを考える、めちゃくちゃ面白い仕事です。この章を通して、ぜひこの最高に面白い味わい方をプレゼントしたいと思います。

そもそも作家、法律家、さまざまな「家」がありますが、「演出家」って、実際何をしているのかよくわからないですよね。でも、ひとたび演出というＰＬＡＹ（遊び）を覚え

てしまうとやめられません。特にシェイクスピアを演出するとなると、人間と世界の面白さを縦横無尽に味わい尽くせます。過去・現在・未来をタイムマシンで行き来して、その時代ごとの人間と世界と出会って、そこで見つけた面白さや発見や感動を、今を生きるお客様や仲間たち、うまくいけば世界中の人と分かち合え、喜んでもらえるという最高のスリルと喜びがあります。

ではそもそも、演出とは何でしょうか?

少し抽象的な言い方をするならば、**シェイクスピアがことばという形で届けてくれた人間と世界の面白さをそのままに、そこに自分なりの問いを付け加え、舞台の上に「もう一つの地球」をつくること**です。それも俳優という本物の人間といっしょに、です。そこには照明家・美術家・衣裳デザイナー・作曲家・音楽家・演出助手・舞台監督などのプロフェッショナルの仲間もいます。シェイクスピアのことばから想像した「もう一つの地球」を、みんなでゼロからつくるのです。

その**「もう一つの地球」を作り上げるリーダーが演出家**です。

ですから、演劇が劇場で上演されるとき、演出家という仕事は非常に大事なポジションです。映画でいうところの監督。スティーブン・スピルバーグや、黒澤明、宮崎駿……あのポジションと考えると、少しイメージしやすいかもしれません。映画監督の、演劇バージョンが、演出家です。前章の「ＰＬＡＹ」が俳優だったとすると、本章は俳優に演じてもらって作品をつくり上げる監督の視点、と考えてください。

でも、映画と大きく違うところがあります。それは、舞台上では、生身の人間（俳優）が呼吸して、本当に生きているということです。映画のように映像を観るのではなく、舞台上の俳優は、観ている私たちの目の前で、同じ時間と空間を共有しています。

つまり、**舞台上で起きているのは嘘の世界なのに、本当の現実でもある**のです。嘘だけど本当、本当なのに嘘。舞台の上はそんな不思議な場所です。それを私は「もう一つの地球」と呼んでいます。

さて、シェイクスピア作品の演出家は、シェイクスピアの戯曲（ことば）をもとに、どんな作品を、どういうタイミングで、どのように上演するかをぜんぶ決めて、スタッフや俳優、あらゆる人たちとコミュニケーションを取りながら実現させるのが仕事です。「新しい地球」のルールは、演出家であるあなたがリーダーシップをとって決めていいんです。風を自由に吹かせていいですし、大好きな登場人物の頭上に「光あれ！」といって大注目させることもできます。一面のひまわり畑でロミオとジュリエットが愛を語ってもいいですし、宇宙を飛び交う妖精がいたっていいんです。頭と足が逆さになった魔女が軽やかにダンスしたって問題ありません。

そう考えると、シェイクスピアを味わう上で、一番楽しめるポジションが演出家だということも納得していただけるのではないでしょうか。

シェイクスピアを楽しむには、演出家になってみるのが一番です。別に本当の舞台をつくる職業的演出家にならなくていい、脳内で楽しむ夢想的演出家になってしまえばいいんです。

読者よりも、演じるよりも、**その作品をどうクリエイトするか、どう演じてもらうか**という演出の視点からシェイクスピアと遊ぶことで、ものすごく作品を楽しめるようになるし、見えてくることがたくさんあります。

この演出の時間では、それを具体的にお話ししていきたいと思います。

その前に！　演出家の先輩として、演出するときのポイントを伝授します。

それは、自分を「天才」だと思うこと。なんてったってあなたは地球をもう一個つくる演出家なんです。もしふだんの自分が優柔不断だったとしても、演出をするときは、自分の好きなもの、やりたいことに従って、自信満々に「これだ！」と決めちゃって大丈夫です。間違っていたとしても、夢想なので問題なし。本当の地球が滅びるわけではありません。「天才」のあなたはすべてを実現できますし、違うなと思ったらあとで元通りにすればいいんです。

さあ、準備万端です。演出の時間のはじまり、はじまり！

シェイクスピアとおしゃべりする

さて、**あなたは演出家です。**

まずはなんでもいいです、シェイクスピアの作品の中から一つ、選んでみてください。直感や偶然を信じて、ポンと選んでＯＫです。もしも近くの本屋にシェイクスピアのコーナーがあれば、その棚の前で目をつぶってエイッと引き抜いた、それくらい大丈夫です。何の作品を選びましたか？『ロミオとジュリエット』？『ハムレット』？『ヴェニスの商人』？　それとも『アントニーとクレオパトラ』？

その作品を、まずはパラパラとめくってみてください。

決してすみずみまで理解しようとしなくて大丈夫です。あ、このことば面白いなとか、長いなあ、とか文字が多いなとか、なんか登場人物の名前が面白そうだな、みたいな感じです。本の世界をウィンドーショッピングするような気軽さが大事です。

少しその本を散歩したら、本の裏表紙に書いてある、あらすじを読んでみてください。

へー、そんな話なんだとか、ほうほう、やっぱりそんな話か、とか。うわ、むずっ！　とか、何か感じることがあれば、けっこういい調子です。


そうしながら、最近あなたが生きていて感じたことや、印象に残った日常の出来事、世界のニュースも思い出してみてください。それでこんな風に問いかけてみましょう。

私は、今の世の中にどんな面白さを感じる？

それとも、どんな問題を感じる？

私は今、どんなところに心が動いている？

などなど、夢想してみてください。そうしながら、作品をまたパラパラめくってみてください。すると、シェイクスピアがさっきよりも身近に感じられてくるかもしれません。あるいは、逆に遠い存在に感じるかもしれません。そんな風にシェイクスピアと一緒に考えてみるんです。お気に入りのカフェで一緒に雑談するような感覚です。

「ねえねえ、君はこんなことばを書いてるけど、ちょっと気に入ったかも」

「君が書いたこのことば、よくわかんないんだよね」

「なぜこんな場面を書いたの？　もしかしてこれ、昨日ネットでバズったあのこと？」

そんな風にシェイクスピアとおしゃべりしてみると、なんだか友だちになったような気持ちになってきます。これが演出の第一歩となります。もし、ここでシェイクスピアとあまりいい雰囲気にならなかったら、一回「またね！」と言って本を戻して大丈夫です。今の考え、感じたことをもとに、別の作品を選んでみましょう。よろしければ、本書の巻末に、自分の性格に合うシェイクスピアおすすめ作品チャートを作りましたので、そちらも参考にしてみてください。

そんな風にしながら、今のあなたが、この作品ならシェイクスピアとおしゃべりできそうだなと思う作品を一つ見つけてみてください。

さあ、これで演出家としての仕事は大前進しました。

遊びながら読む

さて、一冊のシェイクスピアの作品を手に入れました。これから実際にその作品を読んでいくのですが、読むときのヒントをちょっとお教えします。

それは**「遊びながら読む」**ということです。

どういうことかというと、自分の人生のなかで出会った、ありとあらゆることを関連付けながら読んでみてほしいんです。作品の中に描かれていることが昔の話であっても、自分の身近なものと関連づけていくことが大切です。

『マクベス』を選んだあなたは、マクベス夫婦の会話から、自分の周りに似たカップルがいないか想像してみてください。魔女が出てくる時には、どんな音楽が雰囲気に合うかなと考えてみてください。王のダンカンはもしかしたら、あなたの学校の校長先生や会社の社長かもしれません。あるいは、「眠れない！」と叫んでいるマクベスの気持ちを想像するときに、徹夜して朦朧《もうろう》としている自分に置き換えてみてください。

『夏の夜の夢』であれば、妖精パックが空を飛んだ時にどんな音が聞こえてくるか、耳をそばだててみましょう。森の中に迷い込む恋人たちのシーンでは、はじめて好きな人と夜の街に繰り出した時にカバンの中に何を入れたかを思い出してみます。芝居をする職人たちがゲラゲラ笑っている時は、YouTuber が楽しそうに撮影している風景を想像してもいいでしょう。

こんな風に、**シェイクスピアが書き残さなかった「ことばの外にあること」を、戯曲のことばをヒントに、自分の世界と関連づけながら想像して読んでみる。**本に合いそうな音楽をかけるのもいいですね。一見シェイクスピアと関係ないようなマンガや映画、ドラマ、はたまたニュース、ＳＮＳでバズっていること、思うがままにシェイクスピアのことばといろんなものをくっつけながら読んでみましょう。

これが、シェイクスピアの作品を「遊びながら読む」ということです。

そうしているうちにどうでしょう？

紙の中にいた登場人物が、自分の隣に座っている人に思えたり、最近起こった出来事とシェイクスピアの物語の世界がそっくり同じことのように見えてきます。「なんだ、シェイクスピアが描いているのは、私たちのことだったんだ！」と思えるかもしれません。

推しポイントを見つける

ここまできたら、ぜひ、あなたの**「推しポイント」**を見つけてください。この作品のここが「今の自分にとっては面白い！」というところです。

「この登場人物のことば、めちゃくちゃ刺さった」

「あの振る舞いは許せない！」

「私ならこのときはこうする」

「この話、展開がめちゃくちゃだな」

「こんな人がいたらいいなぁ」

いろいろありますね。ぜひ時間をじっくりかけて選んでみてください。

さあ、そこで問題です。

シェイクスピアは、その作品の中で私たちにどんな「問い」を投げかけているのでしょうか？

「問い」とは例えば、このようなものが考えられます。

「ロミオとジュリエットは、そもそも出会えてよかったんだろうか？」

「シーザーのような強いリーダーは、今の私たちの世界にも必要だろうか？」

「『夏の夜の夢』の妖精は、何を表しているんだろう？　自分も見たことあるかな？」

自分の中から出てきた「問い」は、ぱっと思いついたもので、何でもOKです。

自分の推しポイントがきっと大きなヒントになるでしょう。

答えは……といきたいところですが、答えはありません。

シェイクスピアは答えを書いていません。「生きるべきか、死ぬべきか、それが問題だ」とは書いているのですが、「今こそ生きよう！」とか、「死んじゃえば楽だぜ！」とは書いてないんです。いつも「問い」しかくれないのです。シェイクスピアは問題を解決することよりも、問題と向き合うことそのものを面白いと考えたのでしょう。

演出家のみなさんは、ぜひ**「この作品の問いは何だろう？」**と考えてみてください。

推しポイントを見つけられれば、そこから自分ならではの「問い」が見出せると思います。好きなポイントが違えば、「問い」も違ってきます。そして「問い」が違えば演出も違ってきます。それによって、舞台上につくられる「もう一つの地球」の有り様が変わってきます。

演出家の仕事とは、自分が見出した「問い」を、どうやって観客に届けるかを考えること、と言い換えることができるかもしれません。

あなたは、どの作品から、どんな推しポイント、どんな問いをみつけましたか？

めちゃくちゃ残酷な『タイタス・アンドロニカス』

さてここからは、みなさんと一緒に、どうやって一つの作品を演出していくか、具体的なプロセスを体験してみたいと思います。

取り上げるのは、**『タイタス・アンドロニカス』**という作品です。

第一幕「ことばの時間」で「死ね、死ね、ラヴィニア」というセリフを取り上げましたが、もともと知っていた、読んだことあった、という人はほとんどいないのではないでしょうか。

実はこの作品、シェイクスピアの中でもドがつくほどマイナーな作品で、知っている人はほぼ皆無。シェイクスピアが若手時代に書いた、ものすごく残酷で悲惨な話として知られています。日本はもちろん、海外でもほとんど上演されません。駄作とすら言われることがあります。

でも、本当にそうなのでしょうか？　一緒に見ていきましょう。

そもそもどんな話なのか、簡単にあらすじをご紹介します。

ローマとゴートという、二つの国が戦争しています。シェイクスピアはローマに行ったことがないのに、ローマを舞台にしたりします（なぜなのかについては次の「タイムトラベルの時間」で詳しくお話しします）。

作品のタイトルになっているタイタス・アンドロニカスとは、ローマの将軍の名前です。祖国ローマのために、敵国ゴートと闘う軍人です。

ローマとゴートが長年の戦いの結果、タイタスの尽力により、ローマが勝ちます！タイタスは、ゴートの女王（タモーラ：P243参照）を捕虜としてローマに連れてきました。そこでタイタスはひどいことをします。なんと、女王の息子を公衆の面前で八つ裂きの刑に処し、火あぶりにしてしまうのです。民衆たちは熱狂します。なぜならば、ローマ人たちは、ゴート人たちに自分の家族や仲間たちを殺されたからです。

ゴートの女王は悲しみます。自分の息子が、タイタスにひどい殺され方をした。彼女は誓います。いつの日か、愛する我が子を殺したローマのタイタス一族を、根絶やしにしてやろうと……。

ひょんなことから、ゴートの女王はローマの中で身分が上がり、なんとローマの女王になりました。そして「ある手」を考えます。それは憎きタイタスの娘を、生き残った女王の息子二人に強姦させ、さらに誰の犯行かわからないように娘の舌と手を切り落とし、父親タイタスに送り返す、という残忍な所業です。こんなことありうるのかと思うぐらいひどい話です。

タイタスは変わり果てた娘を見て絶望し、悲しみ、今度はタイタスが、ゴートの女王に対して、復讐を誓うのです。

ここから先は、見るか見ないかみなさんにご判断いただきたいのですが……。

タイタスはどんな復讐をしたかというと、ゴートの女王の息子二人を八つ裂きにしてパイにして、そのことを知らない母親――つまりゴートの女王に食べさせる、という恐ろしい報復をします。何も知らずに美味しそうにパイを食べる女王。二人の息子にもこのパイを食べさせたいと、あたりを見渡します。息子が見当たらない。困惑する女王にタイタスはこう言い放ちます。

いや、もうそこにいる、二人ともそのパイの中に焼かれて、
おふくろがいまうまそうに食ったばかりだ、
自分が生んだ肉を自分で食ったわけだ、
本当だ、本当だとも、この短剣の切っ先が証人だ。

（『タイタス・アンドロニカス』第五幕第三場）

そして、最後はみなで殺し合いになり、ジ・エンド……というようなお話です。みなさん、大丈夫ですか？（笑）

シェイクスピアはなぜ、こんな作品を書いたのでしょうか？

驚かせたかったから？　残酷な劇が人気だったから？

演出家として、一緒に考えていきましょう。

なぜこの作品を上演するのか？——取り上げる動機

演出をしていると、作品と、現実の出来事がリンクして驚かされる時があります。

2022年に長野県の松本で『リア王』を演出したとき、稽古中にロシアによるウクライナへの侵攻が始まりました。まさに『リア王』の後半に出てくる戦争の場面と重なり、戦争が進むにつれて、この作品の次のことばが、私たちに語りかけているように感じたのです。

この悲しい時代の重荷は、我々が背負って行かねばならない。
言うべきことではなく、感じたままを語り合おう。

（『リア王』第五幕第三場）

シェイクスピアは、当時のリアルな社会情勢にもアンテナを張って作品を描いています。彼は残酷なものを、ただ残酷さをウリにして描くことはしませんでした。だからこそ、残酷な世界に翻弄される人間のありのままの姿が浮き彫りとなり、今も変わらない普遍的なこととして、観る者の心に問いかけるのだと思います。

芝居が目指すのは、昔も今も、いわば自然に向かって鏡をかかげ、美徳にも不徳にもそれぞれのありのままの姿を示し、時代の実体をくっきりと映し出すことだ。

(『ハムレット』第三幕第二場)

『リア王』の演出から2年が経ち、いまだウクライナ情勢も収束を見せない中、『ハムレット』のこのことばを思い出しました。

芝居が目指すのは、「時代の実体をくっきりと映し出すこと」。今の時代の実体を見てみれば、残酷な光景が、フィクションではなく、まさに現実のものとして起きていました。私は、**今もっとも上演するべき作品は、『タイタス・アンドロニカス』なのではないか**と思いました。

駄作とまで言われ、こんなひどい作品は見るに値しない、という声まである作品です。しかし、演出家としてシェイクスピアと対話しているうちに、この物語を新しい演出で上演することで、子どもでも観られて、大人も政治的な立場や「言うべきこと」ではなく「感じたまま」を素直に語り合える作品として、現代に届けることができると思いました。そこで、『シン・タイタス』とタイトルを変え、アレンジを加えて上演することにしました。

今生きている私たちの世界を、シェイクスピア作品を通して見ることで、考える糸口が見えてくるのではないか。それが演出の動機です。

なぜ人間はずっと争い続けているのだろうか？

戦争で家族を喪《うしな》う、そんなことが続けば人間はどうなってしまうのだろうか？

私たちがこれから生きていくには何を大事にしたらいいのだろうか？

そうしたことを、いま改めて考えてみたい、考えざるを得ないと思った時に、シェイクスピアが横に来て、「ちょっと一緒にやってみない？」。そう言った気がしたのです。

しかし、その時点では答えは出ていません。この作品を一緒にみんなで考えてみたら何かが見つかるんじゃないか、という予感があるだけです。と同時に、シェイクスピアとこの作品で遊べば、絶対に未来が拓ける、という確信もありました。

どう読んでいこうか？——作品の読み込みかた　その1

「この作品でいくぞ！」と決めたら、じっくりとその作品を読み込んでいく作業に入ります。

シェイクスピアの台本は、400年以上前に書かれているので、ごつごつした岩のような、化石のような状態で存在しています。戯曲は演劇をつくるための設計図なので、まずは読み解いていくことが必要になります。

みなさんにも読み解くときに、ぜひ大切にしてほしいことがあります。

まず一つは、**一気に読んでいかない**、ということです。

これは単純に、一つの作品を精読していくと長くて疲れちゃうからです。全部一気に読もうとするとすごくエネルギーが要るので、休憩を入れつつ読んでいきましょう。もちろん、ハマってしまって一気に読んじゃった、ということであれば良いのですが、最初からすべてを一気に理解しようとしないことが大事です。

また、シェイクスピア作品は現代にも通じる人間と世界の本質を描きながら、同時に、彼の生きた400年以上前の時代背景が反映された部分もあります。例えば文化や宗教、社会制度など、今読むと知らないことや理解できないことが出てくるのですが、そうしたことを一つ一つ調べ出していくときりがないんです。演出は、時代背景を掘り下げ、時代考証をしっかりすることが主眼ではありません。もちろん知っていて損はないし、それもまた読む喜びの一つではあります。

でももっと大事なことは、その作品の普遍的なテーマを抽出し、そこにフォーカスを当てることです。**時代背景などから少し離れて、作品の芯にあるものを見極め、エッセンスを浮き彫りにしていく**プロセスが必要になります。なので、すべてを理解しなくていいんです。

「当時のローマの状況がわからない」「歴史が苦手だから」などで止まってしまうのはもったいない！　わからないところはとりあえずすっ飛ばして、「ここ、何か気になったぞ」という部分を集中的に読んでいく。先ほどもお話ししたように、「自分はどこが気になるのか」を感じることが演出の第一歩です。

もう一つ重要なことは、**今に置き換えながら読む。**これがめちゃくちゃ大事です。

例えば、「ローマの武将タイタス・アンドロニカス」と言われても、ちょっとイメージしづらいかもしれません。

でも、「軍人として活躍している武将で、一国の主でもある。じゃあウクライナのゼレンスキー大統領みたいな感じかな？」「あのゲームやアニメの登場人物のような感じかな？」みたいに、今生きている人物や自分の知っている物事と絡めながら想像して読んでみる。

「武将」と言うとイメージがつかなくても、戦争で功名を立てた人、海外で活躍しているすごい人、というぐらい、ざっくりとした雰囲気で、いろんな人をイメージしてみてください。

『タイタス』にはすごく悪い政治家、横暴な政治家が出てきます。みなさんなら、誰にしますか？　トランプにするのか、プーチンにするのか。それともあなたの身の回りのあの人にするか？

このように現代に置き換えながら読むことで、図らずも今とのリンクが見えてくることが多くあります。

この作品のテーマは何か？——作品の読み込みかた　その2

国同士の争いやそこからの人々の復讐を描いた『タイタス・アンドロニカス』を読んでいくと、気になるテーマが浮かび上がってきました。

それは、**「血」**です。

現在の私たちはスマートフォンやSNS、Netflix、Zoomなどいろんな機械やデバイス、サービスに囲まれて、身体的接触を伴わないコミュニケーションやエンタメがかなりの部分を占めるようになりました。

その一方で、それらを操っているのは生身の肉体を持つ自分自身です。その身体の中には常に血が流れています。ふだんあまり意識はしませんが、血は人を突き動かすものであり、無視できないものです。突き動かされて良いこともあれば、戦争のように悪いこともあります。血液型占いなどライトな遊びもあれば、血によって人間を分けることはいいのだろうか、といった問題もあります。一族の血のつながりで活動したり、親子という温かな血のつながりもあります。冷血、なんていう怖いイメージもあります。『タイタス』を今上演して、自分たちの中に流れている〝血〟を再確認してみるのはどうだろう？　当初は「現代の社会に対する問いが見つかるのでは？」といったおぼろげだった期待が、「血」というテーマを見つけたことで少し深まってきました。

また、この作品は血とともに、**「戦争」**も大きなテーマとしてあります。

国と国、あるいは宗教と宗教、信じるものが違う人たちが、領土や自分たちの富のために殺し合いをする。あるいは、殺し合いをしているうちに、それが習慣化されていく。ローマとゴートの戦争という、歴史上の事実が重要なわけではありません。人間たちが、自分の信じるものの違いによって争いをし、あるいは、争いを強いられて、ここが大切なところですが、自分たちの最愛の人が喪われていくのです。例えば家族、みなさんのお父さんお母さん、きょうだい、子ども、おじいちゃん、おばあちゃん、あるいは恋人、身近な人、大好きな先生、お世話になってる先輩、そういった人たちが戦争の中で亡くなっていく。そうした時に人間が何を思い、どんな行動をとるのか。

自分の最愛の人が亡くなるという個人的な話と、国家間の戦争といった大きな話、この二つが重なり合ったとき、人間にどんな感情が生まれるか、どんな振る舞いをするのか。この二重のレイヤーに生きる人間の心の動きにも注目して読んでいきました。

そうして『タイタス・アンドロニカス』という作品をあちこちから眺めているうちに、この作品が絵空事ではなく、今の、私たちの問題になってきました。

ここからもう一歩、先に進める必要があります。

見つけ出したテーマから、問いを見出すことです。

あらすじからもわかるように、自分の子どもを殺された親は、復讐をしてしまう。誰かにとっての大切な人を殺す、そうした戦争から起きるのは、復讐の応酬です。それはこれまでの人間の歴史で繰り返されてきたことでした。

ではこれからはどうでしょうか？

演出家は常に、**未来を見据えた問い**を考える必要があります。なぜなら、劇場を出た観客（私たちも含めて）が向かう先は、未来しかないからです。私たちは常に、未来に向けて生きています。その未来に、今観たばかりの劇は多かれ少なかれ影響を与えます。なので演出家は、単に過去を掘り返すだけでなく、「仕方ないよね」と現状をあきらめるのでもなく、「未来をどうしていこうか？」という問いを差し出す必要があるのです。劇場に集まったたくさんの人がそれを受け取ることで、その問いに力が生まれます。そして、その問いを考える人に、未来への意思が宿ります。

シェイクスピアも、残酷な世界を描きながら、人間がどんな悲しみを背負い、どんな風に生きていけばいいかを考えるために、この作品を書いているのだと思います。

その前提のもとに読み解いていくことで、「手を切った」「舌を切った」「怖ろしいパイ」といった残酷な描写には収まり切れない、人間の悲しさ、哀れさ、怖さ、不甲斐なさ、愛おしさ、激しさ、美しさ……そうしたものが見えてきます。

未来への問いを見出す——作品の読み込みかた　その3

『タイタス』には、エアロンという悪人が出てきます。

この物語における残酷な事件の首謀者でめちゃくちゃ悪い男なのですが、子どもが生まれた瞬間、子煩悩なお父さんになります。そして物語のラストでは、みんな死ぬのに、その赤ん坊だけが生き残ります。

大人たちが殺し合いをした後も、赤ん坊はこれからの時代を生きていく……。大人たちがつくってしまった、こんなにもひどい世界の中で、未来を生きる赤ん坊は、何を託されたのでしょうか？

それを考えたとき、私はこの作品を、**14歳の少年の気持ちで読んでみたらどうだろうか**と思いました。

まだ社会的な役割があるわけじゃない、これから社会に出て生きていく、未来は自分たちでつくっていける年齢。また14歳は多感な時期でもあります。そういう感情豊かで未来ある少年の視点で見た時に、どう感じるかなという読み方をしてみました。

14歳の気持ちで読んでみると、この作品が全く違ったものとして見えてきます。そして、自然と問いが生まれてきました。

「どうして大人たちはこんなことをしてるんだろう？　僕も大人になったら、そうしなくちゃいけないのだろうか？　一体僕はどうしたらいいんだろう？」

未来に向けられた、とても切実な問いです。

この問いを、演出の出発点にしようと思いました。

実際、『タイタス・アンドロニカス』をもとにした『シン・タイタス』を上演した時には、10代の少年に出演していただき、彼と「カラスと呼ばれる男」、二人の対話を通して物語を進めていくという演出をしました（「カラス」とはシェイクスピアの異名でもあります）。

メインの『タイタス』の物語の合間に、14歳の少年とカラスと呼ばれる男、二人の対話シーンが入ってくることで、残酷な話をただそのまま観せるよりも、少し俯瞰した視点から、この作品が投げかける問いを考えてもらいやすくなるのではないかと考えました。残酷だな、嫌だなと目を背けるのではなく、「どうしてこんなことを人間はしたのだろうか？　じゃあ私はどうしたいのだろうか？」そういった視点で作品に向き合ってもらいたかったのです。

そんな風に読んでみると、意外にも『タイタス・アンドロニカス』は決して駄作ではなく、いつの時代にもどんな国でも上演されていい傑作と思えてきます。

「もしも」を使って、脳内キャスティングを楽しもう！

さて、作品から問いが見つかり、演出の方向性も決まりました。

ここからがめちゃくちゃ面白いところです。

それは、**誰に、どの役を、どんな風に演じてもらうかという、キャスティング**です。

実際に劇場で上演する職業的演出家となると、プロデューサーと相談しながらプロの俳優にオファーすることになりますが、いま私たちはシェイクスピアをより味わうために妄想で演出しているので、自由気ままに頭の中で想像してみていいんです。

誰もがリスペクトする英雄だったら大谷翔平にお願いしてもいいし、身の回りにいる自分の尊敬している人、頼もしい先輩でももちろんオッケーです。

そういったイメージのつく人に置き換えて、その人の顔と声でこの作品を読んでいくというのがとても重要です。あの人と会いたくないなぁと思っている人も、悪役でハマるかもしれません。ぜひ、みなさんの人脈をフル活用してください。これまで会った人、あるいは小説や映画、アニメで出会ったキャラクター、全員が登場人物になりえます。そんな風に脳内でキャスティングしながら、その人が作品の世界を生きている様を想像していきましょう。

ここで重要なアドバイスです！　キャスティングする時にとっても大切なこと、それは、**年齢と性別に縛られない**ということです。

シェイクスピアが生きていた時代は、すべての役が男性だけで演じられていました。ジュリエットも女王も、男性が演じていたんです。歌舞伎みたいですね。実はシェイクスピアのキャスティングにおいて、性別は些細なことです。性別より何より大事なのは、一人ひとりが持っている個性、人柄、社会的な資質が、その役に合っているかです。

年齢と性別から先に考えてキャスティングしないことが重要です。この考えで役をイメージすると、作品の可能性がよりいっそう広がります。「あの人は暴君っぽいぞ」「あの人は子ども思いだな」「この人の芯の部分は何だろう?」という観点からキャスティングしていくわけです。あなたから見たその人の中にある個性・人柄でキャスティングすることで、シェイクスピアの世界が動き始めます。たぶん今までと全然違った景色が見えてきます。

今回、私は『タイタス・アンドロニカス』を上演するにあたって、いわゆる舞台役者だけで上演するのではなく、**様々な違うジャンルの人たちをキャスティングしよう**と思いました。

先ほどお話しした十代の少年もいれば、70歳近いベテランもいる。アイドルもいれば、能楽師や落語家、オペラ歌手もいる。シェイクスピア作品を何度も演じたことのある俳優もいれば、全然やったことのない俳優もいる。いろんなバックグラウンドを持つ人たちに集まってもらいました。

なぜかというと、『タイタス・アンドロニカス』は、異なる人種、違う宗教を信じる人たちが対立し、また信じている価値もまるで違う人たちがせめぎ合う作品であり、そこにこそ、この作品の面白さがあると思ったからです。対立し合いながら混じり合う、混じり合っているようでバラバラな世界、それこそが私たちが生きる地球そのものであり、シェイクスピアが描こうとした、人間のありのままの姿だと確信したからです。

だからこそ、この芝居は異種混合のキャスティングでいこうと考えました。


では、主人公のタイタス・アンドロニカスは誰がいいでしょう?

ここはぜひ演出家のみなさんにも聞いてみたいところですが、私の場合は、能楽師の方に演じてもらうことにしました。日本の伝統芸能・能を演じる人ですね。

残酷な話をそのまま残酷に描いても、「ああ、残酷だな」で終わってしまいますが、700年以上の歴史を持つ日本の芸術「能」は、残酷なものを逆に美しく象徴的に描くなど、観る者が想像力を駆使して感じ取れるような表現手法を取っています。一面的な残酷さではなく、観客に多面的な問いを投げかける『タイタス』にはもってこいだと思いました。

また能の作品には、武士の持つ忠誠心といった日本的な価値観が色濃く反映されています。はるか以前の日本人が培っていた良い部分がそこにあるのではないか。シェイクスピアの時代からもさらに古いローマの時代を描いた『タイタス』がそれとリンクすることで、私たち日本人のルーツについても考えることができます。**単なるローマとゴー**

トの話で終わらず、違った視点から日本人を考えるいい機会になる。

古代ローマや日本の武士が持っていた忠誠心とは何だろうか？　今の私たちには前近代的で不要なものなのか、あるいは日本人の強みとして未来にも不可欠なものなのか？　また、いまだに戦争を繰り返す人類の歴史の中で、私たち日本人は平和的な道を文化でもって示すことができるのか？　**現在と過去の日本を比べることで、観客にまた「新たな問い」が生まれるのではないか**と思いました。

おそらくシェイクスピアも、ゴートとローマの話を描きながら、イギリスという自分たちの国やアイデンティティについて考えたかったのではないかと思うのです。

実際、この能楽師の方が素晴らしくて、能の持つ美しい世界観ばかりでなく、人間の無情さ、悲しさ、物悲しさ、様々なものがその演技を通して見えるようになりました。

現実の古代ローマに能楽師はいませんでしたが、現実に能楽師をタイタスとしてキャスティングできるのが演劇の良いところです。「もしもローマのタイタス将軍が能楽師だったら？」みたいに、「もしも」をたくさん使って脳内でキャスティングしてみてください。

歴史の「もしも」はフィクションですが、演劇での「もしも」は現実になります。無限の「もしも」こそが演劇の醍醐味なんです。

「稽古」で、ことばに声を与える

キャスティングが決まれば、いよいよ稽古です。

これも演出で重要なプロセスです。役者がセリフを声に出して演じているのを見ると、

「あ、このセリフにはこんな意味があったのか！」

「この作品は、こんな力を持っていたのか！」

という発見が毎回あります。

ですのでキャスティングが決まったら、**その役者が実際に声を出していると思って耳を澄ましてみてください。**例えば、文字だけを読んでもピンとこなくても、タイタス将軍を演じる大谷翔平選手が「おめでとうローマ、喪服をまとった勝利の都よ！」などと拳を突き上げて叫んでいたら、さながらヒーローインタビューのようで熱狂しますよね。

そんな風に、生身の人間がことばを発することを想像して、その声に耳を澄ましてみます。すると400年前のことばが息づいてくる、リズムが生まれてくるのを感じます。

できれば、**実際に本を片手に、「PLAYの時間」でやったように音読してみましょう。**

息を吸って、声に出して、ことばのリズムを感じると、読みながらだんだんドキドキしてくると思います。ことばに息が乗ってリズムが生まれ、人間たちが動く鼓動が聞こ

え始めたら、しめたものです。「なんでここで人を殺しちゃったの?」「なんでこんなことするんだよ!」といったように、作品から感じ取れることがどんどん増えます。自分自身もその場に立ち会ってるような感覚になります。

リズムに乗って読んでいくと、時間感覚も早くなります。シェイクスピアの作品世界では出来事が次々に起こります。私たちが生きている日常生活とは違う時間感覚で物語の世界が動いていることに気づきます。

そんな風に作品世界に身を置き、そのことばをしゃべる人を具体的に想像することで、それがただの劇ではなく、私たちの住んでいる世界と同じだと思えてくるでしょう。

どんな「場所」が似合うだろうか?

さて、こうしてキャスティングをして、登場人物たちが活き活きと動き始めました。次は**場所**です。この作品は、どんな場所で上演されるといいでしょうか?

もちろん戯曲を読んでいると、この作品の舞台は「ローマ」「ローマ近郊の森」とか、シェイクスピアが書いてくれています。ですから、実際にローマや、ローマの街並みの舞台セットを作って上演することがまず考えられるでしょう。

ですが、こんな考え方をしてみてもいいと思います。

それは**「もしもこの登場人物たちが実際に生きているとしたら、どんな場所が一番似合うだろうか？」**という考え方です。「一番」なので、一つの場所を探してみてください。シェイクスピア作品にはいくつも場面転換があったり、舞台が変わったりします。それらをすべてその通りに上演するのは、劇場という限られた場所では物理的にもなかなか難しい。なので例えば、『タイタス』であれば、舞台を「戦場」だけに絞ってみるとか、もっとも重要な場面はどこだろうか、ということを考えます。

例えば、私自身はこう考えました。『タイタス』を狭い劇場空間で見ていると、人間の生々しさをダイレクトに浴びてしまい、残酷さばかりに目が行ってしまうし、その痛さがフォーカスされてしまいます。なので、もっと広いスケールでやってみるのはどうだろうかと。

この作品で描かれる、子どもを亡くした親の悲しみというものは計り知れません。それをそのまま悲しみとして描くのではなく、壮大なスケールの中で、人間たちが懸命に生きて、運命と対峙する。巨大な不条理と人間一人ひとりが向き合う。そのぐらいの大きさで考えて、人間を相対化してみようと思いました。また、もちろん戦争の話でもあるので、広い空間でのスペクタクル感も必要です。

そこで考えたのが、**劇場では上演しない**ということです。ふつう、演劇は劇場で上演されますが、この作品を劇場でやってしまうと、観る人が自分事ではなく、演劇の世界の話として捉えてしまうと思いました。

シェイクスピアは、自身の作品をグローブ座という劇場で上演していましたが、そこは天井が開いた、野外劇場みたいな雰囲気でした。彼の時代の劇場がそうだったように、外に開かれた、世界とつながっている場所でこの作品をやろう。そうすることで、作品に描かれた戦争が絵空事ではなく、私たちにも関係ある話と実感できるのではないかと。最初に想像した上演場所は、聖書に出てくる「ノアの方舟《はこぶね》」、あるいは宇宙船のような場所でした。

人類が愚かな争いを繰り返し（例えば核戦争のようなものです）、これ以上、地球上で生きられなくなってしまった。他の惑星に逃げようと、宇宙船に乗り込んだ人類の生き残りたちがすし詰め状態になる中で、「人類がこんな戦争をもう繰り返さないためにも、自分たちはなぜ地球を滅ぼしてしまったのか、みんなでおさらいしよう」と全員で一致団結した。次の惑星へ移動するまでまだ時間がある。人類の生き残りたちが悲惨な過ちを繰り返さないために観た演劇――そういう作品として『タイタス・アンドロニカス』を考えたらどうだろうかと思ったのです（本当は実際にノアの方舟や宇宙船で上演したかったのですが、予算その他の事情により叶いませんでした……)。

ただ、ノアの方舟でなくとも、こう考えることができます。

私たちは、戦争や災害が起きると倉庫や体育館のような場所に避難します。そういった場所に集まったとき、この戦争はなぜ起きたのだろう、この状況が早く終わってくれないだろうか、悲しいなと、集まった人それぞれが考えることでしょう。

そこで私はこの芝居を、**倉庫で上演する**ことにしました。

上演したのは、埼玉県川口市にある、もともと工場だった場所です。イベントスペースとして貸し出されている場所ですが、実際に機械などが置かれていた工場建屋そのままなので、使い古された味わいや、古びたパイプや蛍光灯もそのままになっています。それらをあえて隠さずにむき出しにして、ここが倉庫であることがわかるようにしました。また、観客がこの倉庫に避難してきた、という雰囲気にするためブルーシートなどを配置し、倉庫の真ん中に舞台を置き、取り囲むように客席を配置しました。

客席からは、大型トラックも入れる巨大な搬入口が目の前に見えます。搬入口を開けると、倉庫の周囲に植えられている豊かな緑が目に入ります。外の現実世界と、倉庫の中の物語の世界が、搬入口という大きな門でつながっている、巨大なタイムトンネルのようなイメージです。そこから、『タイタス・アンドロニカス』の物語が流れ込んできます。

しかし、倉庫の中を演劇空間、虚構の世界にするためには、まだ仕掛けが必要です。先ほど、少年と男の二人の対話で物語が進む、とお話ししましたが、作品の冒頭に、その14歳の少年が一度目を閉じ、聞こえてくる音に耳を澄ませる、という演出を加えました。観客にも、一緒に目を閉じて耳を澄ませてもらいます。

みんな倉庫に避難してきた。これから一体どうなるんだろうか……入口の門を閉じ、密室となった倉庫の中で、観客も少年とともに想像する、そんな時間を作ってから、物語を始めることにしたのです。

目を開けると、閉じていた巨大な門＝搬入口が開き、死者に扮した役者たちがなだれ込んできます。

死者たちはみな、盆踊りをしています。盆踊りというと唐突ですが、もともとは先祖の霊を迎え、供養するための行事です。また、主人公タイタスを演じているのは能楽師。能では、夢の中で死者が現れ、舞を舞います。そんな伝統的な日本の死生観に、シンセサイザーの音楽をミックスさせながら、これから始まるあまりにも悲惨な、死の香りが濃厚に漂う物語を、あえて派手に始めました。観る者は想像力をフル稼働してシェイク

倉庫で上演された『シン・タイタス』（撮影：池田晶紀）

スピアの世界に入り込むことになります。

そして物語が終わり、想像を絶する世界を目撃した後、最後にもう一度、門が開きます。

そこにあるのは、以前と変わらない現実の世界です。でも、最初に見ていた景色と、少し変わって見えるかもしれません。何が変わったかその時はよくわからなくても、観る前と後では何かが変わって見える、そんな非日常の体験になればと思いました。

自分の人生と関係ない話ではなく、自分事として作品を感じる。非日常の中で、強烈に現実を感じる、そうした体験を作るために、倉庫という場所が必要だったのです。

以上、『タイタス・アンドロニカス』を中心に、作品を決めてから、実際に上演するまでのプロセスを見てきました。

どんなシチュエーションに置けば、作品からいろんな問いを引き出し、共感を生みだすことができるだろうか。そういう視点で「場所」を考えると、シェイクスピアの劇がまたまた身近に感じてきます。

ローマが舞台だからといってローマのセットを作ると、ローマ以上のことに話が広がりません。どんな時代にも関わってくる人間のあり方、世界の構造を考えようとしたら、ローマという一つの時代に限定するよりも、何もない空間で上演して観客の想像に委ねたり、全く別の場所を与えたりする方が面白くなるケースもあるのです。

ぜひ、劇場に限らず、**「この劇はどこでやったら面白いだろう？」とみなさんの身の回りにある場所で考えてみてください。**「あの廃墟のホテルいいな」「あのグラウンドもいいぞ」「ビジネス街でやってもいいんじゃない？」「コンビニでもいいぞ、レストランでもいいぞ、家のリビングもいいぞ」などなど、あらゆる場所に可能性が出てきます。

「この世界すべてが一つの舞台」というシェイクスピアのことば通り、私たちが生きている場所、すべてが劇場になりうるんですね。シェイクスピアはこうじゃなきゃいけない、なんてことはないんです。

あらゆる場所が舞台になる

実は『タイタス』を初めて演出した時は『仁義なきタイタス・アンドロニカス』として、「首と手突き返せや！」みたいな、ヤクザの抗争として描きました。

こんな風に、上演するたびに、舞台設定を変えることもあります。

『リア王』は三度演出をしましたが、それぞれ舞台設定を変えています。

一度目は**土を舞台にしきつめた荒野**。二度目は、**老人が家族たちといる病院**で、病室にいるリア王が空想する中で物語が展開するというものでした。三度目は、舞台を**２００年後の東京**にしました。荒廃して、コカコーラ1本が何千万円もする、それを飲みたくて人がたむろしている、大友克洋《おおともかつひろ》のマンガ『ＡＫＩＲＡ』のような世界です。そんな世界で絶望してさまよい歩くリア王を考えてみたかったのです。

また以前、『マクベス』をある役者のご夫婦が演じられたことがあり、その時には**寝室**

のセットを舞台にしました。

そのご夫婦には二人のお子さんがいて、子どもたちに毎日振り回されているのですが、一度自分たちの芝居をその子たちに観てもらいたいと仰っていました。親が子どもたちとじっくり過ごす一番の空間はどこかと考えた時に、寝室かなと思ったのです。寝る前に本を読んでもらうなど、寝室での時間は子どもにとってもお母さんやお父さんと過ごせる楽しみなひと時です。寝室は夫婦二人のプライベートな空間でもあるので、『マクベス』の中でも夫婦の物語にフォーカスを当てられると考えました。

『ハムレット』を演出した時は、上演したのは劇場ですが、**渋谷のスクランブル交差点**で物語が展開する、という設定にしました。

主人公ハムレットは、現代に生きる私たちすべてに当てはまるような人間です。孤独にいろんなことを考え、生きるべきか死ぬべきか、それが問題だと悩んでいます。今を生きる私たちみんなと同じと考えると、たくさんの悩める若者たちが行き交う渋谷のスクランブル交差点を舞台にしたらどうだろうかと思ったのです。

パーカーを着てフードを被っているハムレット、行き交う誰もが孤独なハムレットです。ハムレット青年の孤独や社会的なひずみといったものが、スクランブル交差点を舞台にすることで浮かび上がってくると思いました。『ハムレット』にはエルシノアという城が出てくるのですが、道玄坂にはホテル街もあるので、「エルシノア」という怪しげなホテルで亡霊に遭遇する、といった渋谷につなげた設定にもしました。

『ヘンリー六世』『リチャード三世』といった歴史劇では、薔薇《バラ》戦争というイギリスの国内戦争が描かれますが、**赤バラのランカスター家と白バラのヨーク家が対決する運動会、**という設定にしてしまいました。実は戦争といっても、思いっきり距離を取ってみるとそんなもんじゃないか、運動会と変わらないんじゃないかという、そういう意味も込めて赤組と白組のジャージを着て、運動会にしたのです。

映画でも黒澤明が『蜘蛛巣城』『乱』という作品でそれぞれ『マクベス』『リア王』を日本の戦国時代に置き換えていますし、バズ・ラーマンという監督の映画『ロミオ＋ジュリエット』は舞台をギャングの抗争に、『ライオン・キング』は『ハムレット』の舞台をサバンナに置き換えています。

自分の生きてきた人生とシェイクスピアが交差したところに、新しい世界が現れる。そこが最も面白いポイントであり、それこそがあなたにしかできない「演出」です。

こうじゃなきゃいけない、という考えを取っ払って、**こうだったら面白そう！**というところから、ぜひ演出家デビューしちゃってください！

さあ、あなたの出番です！

ということで、「演出の時間」の最後は、みなさんに演出を考えていただきます！
お題は『マクベス』です。四大悲劇の一つとして世界中で上演される大人気作品です。物語のラストで、**「バーナムの森が動く」**という有名な場面があります。その演出をみんなで考えてみましょう。

舞台はスコットランドです。スコットランドと言っても、シェイクスピア自身も行ったことがないので、想像上のスコットランドで構いません。

想像してみましょう。大地は荒々しく、荘厳で、自然の厳しさが感じられる風景が広がっています。険しい山々のふもとに荒野や湿地帯が広がり、霧が立ち込めている。濃霧の中に中世の城や廃墟が点在し、歴史と伝説が感じられる光景です。あなたがいる場所は深い森や林に囲まれ、陰鬱な雰囲気が漂います。なんだか魔女も出てきそうです。天候が変わりやすく、あたりは霧で見えづらく、雨が降り始め、突然雷も鳴り響く！

あ、やっぱり出てきましたよ、魔女が。

その魔女がマクベスにこう言います。「おまえはどんどん出世して王様になるぞ」。

マクベスは半信半疑でしたが、マクベス夫人に「今の王様を殺して、王になりなさい」とたきつけられると、その野心に火が付きます。マクベス夫人は非常に野心的で、冷酷な計画を練ります。「今がその時よ」と彼女は囁き、マクベスを鼓舞します。マクベスも最初は躊躇しますが、奥さんの強い説得と自分の内なる欲望に押されて、ついに決意を固めて王を殺してしまうのです！

マクベスは王座を手に入れます。しかし、これが彼の心に永遠の不安と罪悪感をもたらしました。彼の内面は次第に崩れ始め、彼の王としての統治は次第に暴力的で残酷なものになっていきます。

彼の支配に対する反対勢力も増え、かつての友人たちも彼に対して反旗を翻します。マクベスは次々と陰謀と裏切りに遭い、自らの行いが引き起こした混乱に飲み込まれていきます。

不安のどん底にいたマクベスの前に、魔女がまた現れてこんなことを言います。
「バーナムの森がお前の城に向かってくるまでは、お前はずっと安泰だ」

森が動いて城に向かってくる？　みなさん、そんなの見たことありますか？　あり得ないですよね。マクベスもそう思います。そんなこと起きるわけない、だから俺はずっと安泰だ、と喜ぶわけです。

安心したマクベスはますます傲慢《ごうまん》になっていき、一方のマクベス夫人は罪悪感に押しつぶされて精神を病んでいきます。そんな中、部下である使者が走ってきてマクベスに信じがたい事実を告げます。

使者　丘の上で見張りに立っておりました。
バーナムの森の方を見ますと、急に、その、どうも、
森が動きだしたのです。
マクベス　でたらめを言うな、下郎！
使者　お怒りは覚悟です、でたらめではございません。
ご覧になればお分かりです、三マイル先まで迫っています。
あれは、動く森です。

（『マクベス』第五幕第五場）

なんと、**動くはずのない森が、動いたのです！**　実際は、木の枝を隠れ蓑にした敵が迫ってきて、それがあたかも森が動いているように見えたのでした。
しかし予言通り「森が動いた」以上、彼の転落の運命は避けられないものとなります。彼の野心が彼自身と周囲のすべてを破滅へと導くのでした。

では、ここからはあなたが『マクベス』の演出家です！

シェイクスピアのセリフを味わい、キャラクターに命を吹き込み、舞台上の空間をデザインしてみてください。


マクベスのキャスティングは誰にしましょうか？

この作品に合いそうな場所はありますか？

そして「森が動く」とは、何を意味するのでしょうか？

このシーンを、どのように演出しましょうか？


以前、私は『マクベス』を演出した際に、冒頭の「きれいは汚い、汚いはきれい」というセリフに焦点を当て、「良いか悪いか、わからない」世界にしてみました。

当時は東日本大震災が起きて間もない頃でもあり、森が動くシーンではパイプ椅子を並べ、津波のイメージを重ねて描きました。マクベスは森が動くなんて「ありえない」と考えていました。私たちもまた、「想定外」という言葉が繰り返されたように、原発の事故や大津波が現実になるとは思っていませんでした。しかし、それは実際に起こりましたし、心のどこかでは「ありうるかも」とちょっとだけ思っていて、恐怖を抱きながら目を背けていたかもしれません。そんな意味も込めて、「バーナムの森」では3・11のイメージをダブらせて、人間の愚かさを描きたいと思いました。

余談ですが、この上演時は、マクベス夫人のセリフの中に、ミスチルのある曲の歌詞をこっそり入れていました。あまり有名な曲ではなく、そのセリフの流れで話しそうな内容なので、みんな誰もミスチルの歌詞だとは思いません。すると、その時まさにその曲がかかる、といった演出です。シェイクスピアというと高尚で有難いものとして〝額縁〟に入れられがちなので、今を生きる人に寄り添うヒットソングのように感じてもらえたら、という意図でした。何が良くて何が悪いのか、頭で考えるのではなく心で感じてほしいと、音楽を使って遊んだわけです。

こんな風に、演出では様々なやり方で、自分の想像を駆使して遊ぶことができます。『マクベス』であれば前述のように夫婦の寝室でもできますし、選挙カーの中、ビジネスマンが働く会社のオフィス、学校の教室、歌舞伎町、現代の戦場、あるいは暴君の隠れ家、未来都市、旧石器時代の湖、銀河の遥か彼方の惑星……人間がいると考えうる、あるいはそれこそ人間がいるなんて「ありえない」場所でも、どんな場所でもＯＫです。

それぞれの世界で、「森が動く」とは、どんなことを意味するでしょうか？

夫婦の寝室におもちゃをぶちまける元気な子ども？　選挙活動の最中に入ってきたスキャンダル？　それとも会社の株価大暴落のニュース？　運動もできて勉強もできる転校生？　大停電の歌舞伎町をロウソクの火で行進する老若男女？　ＡＩロボ兵器の反乱？　銀河の遥か彼方の惑星で未知の生命体にスマホを向けるYouTuber？

「森が動く」とは、予測不能かつ劇的な変化を意味します。**「もしありえないことが起きてしまったら？」**と考えることは、我々に無限の想像力と創造性をもたらします。それぞれの設定で物語を展開することで、新たな意味や解釈が生み出されます。

今、私たちが生きている地球でも、世界中あらゆるところで「森」が動いています。それは「良いか悪いか」わかりませんが、その森の動きそのものを面白がって、想像力をふくらませてみてください。

そこから、唯一無二の演出が生まれます。

さあ、自分だけの演出をはじめてみましょう！

第五幕

タイムトラベルの時間

CHAPTER 5

TIME FOR TIME TRAVEL

いい／悪いがわからない時代

いよいよ、最後の時間です。

最後は、**タイムトラベル、つまり歴史のお話**です。歴史と言っても、西暦をおぼえようとか、知識を得ようといった話ではありません。

シェイクスピアが生きたのはどんな時代で、どんな考え方をしていたのか？

実際に起きた出来事をどのように作品に盛り込んだのか？

こうしたことをちょっとだけでもかじることで、シェイクスピアという人間、そして彼の作品が俄然面白くなってきます。

なので、学校の授業で習うように順を追って歴史を説明していくというよりは、ポイントをしぼって、みなさんとタイムトラベルをするような気軽さで、シェイクスピアとその作品に関わる出来事や考え方をお話ししていきたいと思います。

これまでこの本には、ハムレットやマクベス、リア王、ロミオにジュリエットなどいろんな人が登場しましたが、みなシェイクスピアが創造したキャラクターです。マクベスやリチャード三世など実在した歴史上の人物はいますが、戯曲の中でいきいきとしゃべり、私たちを魅了するのはシェイクスピアがつくり上げた架空の部分です。

そんな中にあって本当に実在したのはただ一人、シェイクスピアです。実在する一人の人物が、今の人間にも影響を与えつづける、魅力的な架空のキャラクターたちを描いたのです。

じゃあそのシェイクスピア自身は、一体どれだけ面白い人だったのか？　ということを、この時間では見ていきたいんです。面白い話を書いた人はやっぱり面白いし、たくさんの苦労もしているわけですね。

それもそのはず、**シェイクスピアが生きた時代は、繁栄と混乱が混在する、世界史的にみても大転換の時期**でした。政治、経済、宗教、そして人びとの生活の在り方も新しいルールに移行していく、まさに次なる時代への大いなる過渡期でした。

この時代を端的に表すことばがあります。

きれいは汚い、汚いはきれい。

飛んで行こう、よどんだ空気と霧の中。
Fair is foul, and foul is fair,
Hover through the fog and filthy air.

（『マクベス』第一幕第一場）

本書でも何度か登場した、『マクベス』の魔女のセリフです。fair（フェアー）＝何が良くて、foul（ファウル）＝何が悪いのか、分刻みに変わっていく。さっきまで悪かったことが次の瞬間には良くなる、わけのわからない混乱の世界。未来は見通せないが、そこにダイブするしか生き抜く方法はない。『マクベス』の冒頭で三人の魔女たちが声をそろえて唱えるこのことばに、シェイクスピアの生きた時代が見事に表現されています。

このことばがリアリティーを持つくらい、当時の世の中は混沌《こんとん》としていたわけです。しかし、この混沌とした「何が正しくて、何が悪いのかわからない世界」は何も当時に限ったことではありませんよね。私たちが生きている現代だって同じです。20世紀、第二次世界大戦の後では、それまで正しいとされてきた価値観が１８０度変わりましたし、最近でも、コロナ禍で何を信じればよいか、世界中の人々が混乱に陥りました。

これまでのルールから新たなルールに世界中が変化しようとする時、世の中には正しいことと悪いことが複雑に絡み合い混在します。ある瞬間の正しさが次の瞬間の間違いになる。さっきまで間違いだったことが今度は賞賛の的になる。一寸先はどうなっているかわからない、それこそがこの世界の本質です。まずはシェイクスピアが生きた時代の前提となる、ここの部分を押さえておきたいと思います。

船で世界がつながった時代

シェイクスピアが生まれた時代をイメージするために、その頃の日本についてちょっと見てみましょう。

シェイクスピアが生きた年、みなさん覚えてますか?

そうです! **1564(ヒトゴロシ)〜1616(イロイロ)**でしたよね。

当時の日本はというと、江戸時代の幕開けです。江戸幕府を作った徳川家康は1543年に生まれ、1616年に死にました。徳川家康とシェイクスピアは、死んだのがちょうど同じ年です。シェイクスピアが劇作家としていろいろな劇を書き始めた頃に、豊臣秀吉が天下統一を果たしました。**戦国時代から江戸時代のはじまりの頃**だと思うと、シェイクスピアの時代が想像しやすいかもしれません。

シェイクスピアの時代と、現代の私たちの生活とで、全く違うのはなんでしょう？　たくさんありますが、一つ大きな違いをあげれば、**機械がない**ことです。

当時は産業革命以前の、機械がない時代。手と足を駆使して生きていた時代です。車も電車もバスもないので、誰かに会いたいと思ったら走っていく、馬にまたがってその人のもとへ行く。誰かを憎いと思ったら武器を片手に戦いに行く。今のように遠隔操作のドローンやロボットで戦争をしかけるなんてことはできません。

また当時は、**大航海時代**と言われる時代でした。ヨーロッパ人によるインド航路の開拓や新大陸発見などによって、**世界の一体化が進んだ時代**でもありました。スペインのビクトリア号が船での世界一周に成功し、地球が丸いということに人類は気づきます。あくまでヨーロッパ目線ではありますが、海を通じて世界がつながったんですね。

世界はこんなにも広いのかと気づいたヨーロッパの国同士で**覇権《はけん》争い**がはじまります。シェイクスピアが生活していたイギリスも、スペインとしょっちゅう戦争していました。大きな一つの戦争というより、長期にわたり何度も、じわじわと行われた戦争でした。これを英西戦争と言います。スペインは当時世界最強の海軍である無敵艦隊を所有していました。宗教上、商業上の観点から対立していたイギリスは、数度にわたりスペインと戦闘を交えました。

この時代を象徴するものの一つが、**船**です。船に乗って未開の地へと人びとは移動し、文化を超えて商売をし、戦争をしました。新たな土地を得て成功する者、貿易で大金持ちになる者、移動によってもともと住んでいた人たちとの諍《いさか》いや虐殺が起き、戦争で命を落とす者、難破《なんぱ》で離散する家族が生まれます。こうした船にまつわる人間ドラマは、『ヴェニスの商人』や『テンペスト』を筆頭に、『間違いの喜劇』『十二夜』『ペリクリーズ』などシェイクスピア作品の様々なところに顔を出します。

あなたの心は大海原の上で揺れてるんだ、
今あなたの商船は堂々と帆をふくらませ
上潮に乗った貴族か大富豪のように
あるいは海を行く行列といった格好で進んでいるんだから。

（『ヴェニスの商人』第一幕第一場）

人間の見果てぬ開拓精神はいつの時代も変わらないですし、人口が増えると新たな土地を巡る争いが生まれます。現代の視点で言えば、ロケットに乗って宇宙に繰り出す人類のようでもあります。

シェイクスピアが今生きていたら、船からロケットに着目して、宇宙ビジネス、人類の移住、軍事産業などについての一大ドラマを描いたかもしれません。その作品には、科学技術の素晴らしさよりも、人間の面白さ、素晴らしさ、あるいは愚かさや哀れさが浮かび上がっているでしょう。

シェイクスピア、誕生

さて、そんな時代にシェイクスピアは生まれました。

生まれたのは1564年4月23日水曜日、イギリスのストラットフォード・アポン・エイヴォンという、ロンドンから離れた田舎町です。当時、新生児の死亡率は高く、5人に1人が生後1か月以内に亡くなったとされます。また当時の平均寿命は30〜40歳程度です。体が丈夫か、裕福な家庭かなど、人生を健康にまっとうすることにも、様々な苦難が待ち構えている時代でした。

我々は泣きながらここへやってきた。

知っているな、生まれて初めて空気を吸うと、
おぎゃあおぎゃあと泣くものだ。いいことを教えよう。よく聴け。（略）
生まれ落ちると泣くのはな、この阿呆の檜舞台に
引き出されたのが悲しいからだ。

（『リア王』第四幕第六場）

なぜ生まれた時に人はオギャーと泣くのか。この『リア王』のことばには含蓄があります。今読んでも考えさせられる名台詞ですが、当時の状況を思えばなおさら、生きることの過酷さがうかがい知れますね。

しかしストラットフォードに生まれた赤ん坊シェイクスピアは、そんなこと知る由もありません。ストラットフォードは豊かな森、羊を育てる牧場や農場がたくさんあり、イングランドらしさにあふれた地域でした。

ぜひストラットフォード、みなさんも行ってみてください。現在ではシェイクスピアが生まれた町として観光客でにぎわっています。以前私も訪れたことがあるのですが、カラフルな、イモムシみたいな電車に揺られて行くんですね。川が流れていて、本当にのどかないい町でした。

自然といっても、のどかなだけではありません。当時はもちろん電気がありません。森は野性的過ぎるほど野性的です。**森には二つの顔があります。**自然豊かな場所でありながら、森は無法者や浮浪者が隠れ住み、抵抗勢力が謀反《むほん》を企《くわだ》てる場所でもありました。シェイクスピア作品にはしばしば森が登場しますが、自然豊かな美しさと野性的で危険な恐ろしさ、この二つのイメージで捉えてみてください。

シェイクスピアはストラットフォードで生まれ、大人になってからロンドンに出ていき、劇作家として大成功をおさめます。田舎から出て成り上がった男、とも言えます。

お父さんはジョン・シェイクスピア。ビジネスマンで、町長になるほどの実力者でした。お母さんはメアリー・アーデン。裕福な農家の末娘です。一家は恵まれていました。

シェイクスピアは小さい頃から町のグラマースクールに通い、ラテン語の読み書きや雄弁術、修辞学など、ことばについてたくさん学びます。古典文学を暗唱したり、イギリスの歴史を学んだり、勉強も頑張っていました。

でも、シェイクスピアは大学には行っていません。彼が13歳くらいの頃から、父がビジネスで失敗し、だんだん貧しくなっていったのです。その結果、シェイクスピアも大学に行けなくなりました。

しかしグラマースクールで学んでいたからか、その後も自分で学び続けたからか、シェイクスピア作品の語彙数は非常に多いです。語彙の豊富さはシェイクスピアの文学的才能の一つと言われますが、なぜそこまでのボキャブラリーを身につけたかは研究者の間でも謎とされています。本を読んだり、面白い人間と出会ったり、あるいは仕事をする中で、どんどん使える知識やことばを獲得していったのかもしれません。

薔薇戦争はスターウォーズ!?

シェイクスピアは歴史ドラマにもとても関心があったようです。

彼の作品の中でも、歴史劇と呼ばれるジャンルはイギリスやローマの実際の歴史を題材とした骨太な作品群です。特に、**「薔薇《バラ》戦争」**という、シェイクスピアが生まれる100年前くらいのイギリスで実際に起こった、イングランドの王位継承をめぐる内乱を描きました。

薔薇戦争（1455〜1487年）は、イギリスの歴史を変えるほどの大きな国内の争いです。誰がイギリスの王になるのか？　王冠を巡って貴族たちが戦いを繰り返しました。日本の源平の争乱のようなものです。

薔薇戦争というと難しく聞こえるかもしれませんので、『スター・ウォーズ』のように

ローズ・ウォーズと呼んでみましょう（ちなみにイギリスでの実際の呼称はWars of the Rosesです）。戦ったのは、**ランカスター家とヨーク家**。二つの有力な家同士が、民衆たちも巻き込んで30年にもわたって殺し合いをします。

なぜバラなのか？　それはランカスター家とヨーク家の徽章《きしょう》（マーク）に由来します。ランカスター家は赤バラ、ヨーク家は白バラの徽章です。「演出の時間」で赤組と白組に分かれた運動会として演出したという話をしましたが、さながら映画の『スター・ウォーズ』のジェダイ（ライトサイド）とシス（ダークサイド）の宇宙戦争のようです。ローズ・ウォーズ＝薔薇戦争について、シェイクスピアは『ヘンリー六世』『リチャード三世』で描いています。ぜひ連続で楽しんでほしいスペクタクルドラマです。

ローズ・ウォーズはどう決着したのでしょうか？

ランカスター家のリッチモンド伯ヘンリーがヨーク家の大悪党リチャード三世を討ち、赤バラが勝利します。赤バラと白バラを統合させたヘンリーはヘンリー七世となり、「テューダー朝」が誕生しました（「朝《ちょう》」とは「王朝」や「政権」という意味で、この時期に権力を持っていた家や人物を表します。テューダー朝というと、テューダー家がイングランドを統治していた時代、という意味になります）。

シェイクスピアが生まれたのはローズ・ウォーズから約80年後、このテューダー朝の最後の支配者・エリザベス女王が統治する時代です。

エリザベス女王は子を残さずに1603年に死んだため、テューダー朝は終わります。その後、スコットランド王・ジェームズ6世がジェームズ1世としてイングランド王位を継承し、「ステュアート朝」が始まりました。

ですので、**シェイクスピア自身はローズ・ウォーズが終わった後のテューダー朝からステュアート朝へと移行する、時代の変わり目を生きていたん**ですね。


ローズ・ウォーズを描いたシェイクスピアのデビュー作（と言われる）『ヘンリー六世』はヒットし、第三部まで書かれる大作となりました。シェイクスピア単独作ではなく共作とも言われていますが、なぜローズ・ウォーズという歴史のテーマをシェイクスピアは選び、書き、それが売れたのでしょうか。その秘密を考える上で、シェイクスピアが考えた戦略をちょっと想像してみましょう。

シェイクスピア流ヒット戦略

さあ、ロンドンに出てきた、まだ駆け出しの若者にチャンスが巡ってきました。先輩たちと演劇をつくってみないか、とオファーが来たのです。

でも、いきなり誰も知らないオリジナルキャラクターを書いても無視される可能性が高い。

そこでシェイクスピアはある戦略を考えました。

国民みんなが知っている、ちょっと前の歴史の偉人たちをベースに、脚色して物語にするのはどうかと。

やはり、ロンドンの市民たちが関心があるのは自国の話です。

日本人も大河ドラマが好きですよね。自分たちの国の話をするのが、歴史劇です。なので、初期のシェイクスピアは歴史劇をバンバン書いたのでした。

そのヒット作が『ヘンリー六世』であり、その後にもつながる『リチャード三世』などです。この『リチャード三世』はめちゃくちゃ面白いです。もうダース・ベイダー登場！　みたいな感じで、悪の華が咲き誇るヤバい芝居です。

歴史劇は、ハリウッド映画やアニメのような個性の強いキャラが活躍する、スケールの大きな人間ドラマです。彼らが葛藤し、裏切り、裏切られ、「俺たちの正義とお前の正義は違う！」とぶつかり合う。そこには恋愛、不倫、暗殺もあれば、魔術師が出てきて陥れたり、革命が起こったり、なよなよした王様が悩んで幽閉され、クールな女王が何万人も率いて戦場に乗り出す……といったどでかいスケールで次々とドラマが起こります。

歴史劇に登場するキャラは、当時のイギリス人ならみんな知っている、歴史上の人物たちです。「あ、歴史の授業で聞いたことある！」みたいな人たちがバンバン出てきて大スペクタクル劇を展開するので、めちゃくちゃ興奮しただろうと思います。当時のエンタメと言ってもいいでしょう。

シェイクスピアは、もちろん彼ら歴史上の人物たちから直接、話を聞いたわけではありません。リチャード三世が「思い切って悪党になり、この世のあだな楽しみの一切を憎んでやる」なんて実際には言っていないわけです。実在した人物ではありますが、物語の人物としてシェイクスピアがセリフを想像し、当て込んでいったんですね。

シェイクスピアの歴史劇の面白さは、実際に起こった歴史のなかに、シェイクスピアが生きた当時の権謀術数渦巻くロンドンの政治・経済・社会をダブらせながら描いたところにあります。自分が社交界で見聞きし、同時に彼自身も巻き込まれた政争、人間関係や国際関係などを、『ヘンリー六世』という話に盛り込んでいったのだろうと思います。

タイトルにもなっているヘンリー六世は、なよなよした王様です。父ヘンリー五世は、若き頃はハル王子と呼ばれ、フォルスタッフという放蕩《ほうとう》仲間とつるんでやんちゃ遊びをした、活発な性格です（このあたりの話はぜひ、この頃を描いた『ヘンリー五世』を読んでください！）。ヘンリー五世は立派な英雄として国民から厚い信頼を得ますが、その息子のヘンリー六世は優柔不断な文学青年。国内の権謀術数に巻き込まれて国はぐちゃぐちゃに。その結果、ローズ・ウォーズが勃発します。

最終的に赤バラのヘンリーチーム（ランカスター家）が勝つのですが、その前になんと白バラ（ヨーク家）がヘンリー六世を幽閉し、一度王座に登ります。幽閉されたヘンリー六世は、リチャードに殺されます。先ほども触れた、のちにリチャード三世となる、ダース・ベイダーみたいなヒールです。

リチャード三世が、実際に最高に悪いヤツだったかどうかはわかりません。しかし、シェイクスピアは徹底して悪役キャラとして描きました。

プロパガンダ？　でも本当は……

『リチャード三世』は、醜いリチャードが、ことば巧みに周囲をあざむき、暗殺に次ぐ暗殺をし、王様になって最後に「絶望して死ね！」と亡霊たちから呪われて破滅するという話です。
リチャードは、幕開け早々に悪党宣言をします。

口先で奇麗事を言う今の世の中、
どうせ二枚目は無理だとなれば、
思い切って悪党になり
この世のあだな楽しみの一切を憎んでやる。

（『リチャード三世』第一幕第一場）

爽快なまでの悪《ワル》、リチャード三世。ちょっとかっこよくて憧れてしまいます。キャラクターとしてとても魅力的です。それもシェイクスピアの作劇の力なのですが、なぜシェイクスピアは、リチャード三世（ヨーク家）を悪く描いたのでしょうか？
そこには実は、キャラの魅力を引き出すこととは別に、歴史にまつわる深い理由がありました。
シェイクスピアは、たくさん観客が集まるような人気作品を書かねばならない一方で、自分を応援してくれているパトロン、つまりテューダー朝の偉い人々にも喜んでもらう必要がありました。シェイクスピア劇は民衆だけではなく王侯貴族も観に来ていたので、身分の高い王族や貴族を味方につける必要があったのです。

そこでどうしたか?

「テューダー朝は、歴史的に見ても、正統かつ素晴らしい統治者なんだ」ということを作品の中で感じ取れるように描いたのです。

テューダー朝は、赤バラのランカスター家の血筋です。なので敵である白バラのヨーク家リチャード三世を徹底的に悪く描き、それを打ち倒すテューダー朝の創始者、ランカスター家のヘンリーを英雄的に描きました。

『リチャード三世』を観た観客は「テューダー朝は、こんなにぐちゃぐちゃだった世界を統一した素晴らしい王朝なんだ! 悪いリチャードを倒す見事な血筋なんだ」と感じます。つまり、当時のテューダー朝のプロパガンダにもなっていたわけですね。

民衆は面白い演劇を純粋に楽しみながら、結果的に「私たちの国はすごいなぁ。エリザベス女王万歳!」となるので、権力者は喜びます。当時の王朝を讃える形でドラマ化して、民衆たちがエリザベス女王を尊敬するように描いたわけです。「自分の国はすごい!」と思うと、対外的な戦争の時にも力が湧きます。そういった愛国精神を養う側面もあったかもしれません。**歴史劇は、歴史を使った権威付けとしても機能していた**と言われています。

しかし、それだけじゃ終わらないのがシェイクスピアです。**めちゃくちゃ悪く描いたはずのリチャード三世が、とてつもなく魅力的なんです。**ワルなのに魅力的。政治的にはマイナスイメージを与えながら、キャラクターとしてはプラスイメージを与えているんです。

思い出してください。イイはワルイで、ワルイはイイ。これがシェイクスピアでした。人間と世界はそんなに単純じゃない。一元的に物事を見るのではなく、矛盾したものとしてこの世界をまるごと受け入れてみたら、新しい発見ができるかもしれないよと、シェイクスピアは時空を超えて私たちに問いかけているようです。

歴史劇は推しキャラを見つけよう!

ここまで歴史劇について見てきました。

ここで、声を大にして叫びたいことがあります。

「歴史劇は読まないで、観てください!」

歴史劇はむちゃくちゃ面白いんですが、登場人物が多かったり話がちょっと複雑だったりしていきなり読み始めるのは少しハードルが高い。だから、もし実際にお芝居が上演されていたら、観るのが一番手っ取り早いんです。上演するカンパニーも、きっと腕によりをかけてその作品を面白く届けてくれることでしょう。

その上で、好きなキャラを見つけるともっと面白くなります。好きなアーティストのライブに来たみたいにお目当てのキャラクター、推しキャラを見つけて、そのキャラを全力で応援するつもりで観るのがオススメです。

え、私の推しキャラはだれか？

そうだなあ、『ヘンリー六世』なら、第一部に出てくるジャンヌ・ダルクやトールボット、もちろんタイトルにもなっているヘンリー六世もいいです。あ、そうだ、絶対に推してほしいのがマーガレットです。この女性が主役と言っても過言ではありません。あとサフォークもいいし、ジャック・ケイドもいい。他に歴史劇の登場人物だとリチャード三世は欠かせません。それだけじゃないですよ、もっとさかのぼるとハル王子もいいしフォルスタッフもいい……ああ、止まりませんね。

歴史劇は、歴史的な出来事そのものを描いているというより、やはり**人間を描いているる**んです。歴史上の人物たちが、いかに人間というものを楽しみ尽くしたのか、味わい尽くしたのか、シェイクスピアはそこにこそ関心があったのだと思います。

だから、観る側、読む側は、歴史に詳しくなくても全然いいんです。運動会のように「赤組ランカスター、白組ヨーク、頑張れー！」ぐらいでいいんです。

実際、『ヘンリー六世』でシェイクスピアが描くローズ・ウォーズの発端はそんな感じで起こっています。「俺は赤いバラをつけた、お前はどっちの味方になる？」と、バラ園で貴族の言い争いが起きたことがそもそもの発端とされます。「歴史」と聞くと難しそう、勉強しなきゃと思ってしまいますが、実はこのぐらいの感じで始まっているんです。

こういうことを知ると、今でも本質は変わらないと思います。どこかの国の暴君も、自分のプライドを保つため、あるいはもう後に引き返せないと意固地になって、それだけのことで何万人が死に、子どもと親が引き裂かれ、復讐の連鎖が繰り返されています。シェイクスピアが教えてくれることは、現実のリアルな世界情勢でもあるんです。

シェイクスピアの二つの顔

さあ、ちょっとここでみなさんに質問です！

Q：もしみなさんの信じているものが、社会では信じてはいけないものだったらどうしますか？

みなさんが大切に思っているもの、それを信じていることがばれたら、弾圧されて殺される……そんな世界だったら、信じているものをやめますか。難しい局面ですよね。でも殺されるまでいかなくとも、そんな時があるかもしれません。

例えば、あなたが密かに楽しんでいる推しキャラ。その応援よりも受験勉強をしないといけない。あるいは、自分は大学進学に一ミリも興味がないけど、進学しないと親が許してくれない。クラスの大部分の人の意見と全く違う意見を持っているけど、言えない。スケールは違えど、そんな経験はだれしもあるはずです。

シェイクスピアは、実はそんな板挟みのなかで非常にうまく生き延びました。彼の人生をぜひみなさんに役立ててもらうためにも、当時のキリスト教の二つのグループ、**カトリックとプロテスタントの関係**についてお話ししたいと思います。

シェイクスピアが生きた16世紀から17世紀のイギリスでは、プロテスタントとカトリックという、二つのキリスト教のグループが対立していました。王様がプロテスタントを国の宗教にすると、カトリック信者は罰金や投獄されるなど、迫害されました。その後にはカトリック信者は公職に就くことが禁じられるなど、教育や財産権にも制限がありました。

実は、シェイクスピアの家族も、この影響を受けていました。シェイクスピアの父ジョン・シェイクスピアはカトリック教徒だったと言われています。

彼は公にはプロテスタント信仰を示しながらも、密かにカトリックの儀式を守っていた可能性があります。ジョンは商売人として一生懸命に働いていましたが、不動産投資に失敗し、借金を抱えることとなりました。

先に触れたように、裕福な家庭に生まれたシェイクスピアは、グラマースクールに通い、ラテン語や古典文学を学ぶなどエリート教育を受けますが、父の没落によって大学進学が叶わず、家計は破産状態になります。父ジョンは町の役職を辞任し、その後は借金取りに追われる日々が続きました。結果として、シェイクスピアの家族は地元の教会に顔を出すことが難しくなってしまいます。お金の問題だけでなく、カトリック信仰が弾圧を受けていた時代、一家の孤立は避けられませんでした。

少し前までカトリック主流だったイギリスが、プロテスタントに転じた。そうした宗教上の転換期の中で、裕福だったシェイクスピアの家庭も没落していきました。こうした二つの価値観が揺れ動く時代において、正しい一つの答えがないことを実感しながら成長したシェイクスピアは、物事の多面性を理解していったのでしょう。『マクベス』のセリフ、「きれいは汚い、汚いはきれい」、あるいは『ハムレット』の「生きるべきか、死ぬべきか」のように、シェイクスピアはどちらが良いかではなく、正解がない、あるいはどちらも正解であり間違いでもあるという複雑な状況の中で生きるようになりました。

あくまで作品を読んでの推測ですが、彼自身もカトリックの信仰を密かに持ちながら、プロテスタント主流の社会で生き抜くために適応したのかもしれません。シェイクスピアの作品にはカトリックへの共感や理解が見られる一方で、プロテスタントの価値観を反映した要素も含まれています。カトリックの父を尊敬しながらも、没落した父の二の舞を演じぬように、プロテスタント社会のロンドンで演劇のビジネスを成功させたサクセスストーリー。そんなとらえ方もできます。

シェイクスピアは家系としてのカトリックの顔と、社会に向けるプロテスタントとしての顔、二つの顔を使い分けながら、激動のロンドンを生き抜いたのです。

光と影が混在するロンドン

シェイクスピアが活躍した当時のロンドンは、どんな雰囲気だったのでしょうか？

エリザベス女王の時代、イギリスは「黄金時代」と呼ばれる、文化と芸術の開花期を迎えていました。１５５８年に即位したエリザベス女王は、１５８８年にスペインの無敵艦隊を破り、国民からの尊敬を集めました。この勝利で彼女は一躍スター的な存在となりました。

しかし、エリザベス女王の治世は宗教的な緊張や政治的な不安も抱えていました。先ほども見たように、イギリスはプロテスタント国家としての地位を確立しようとしており、カトリックとの対立が激化していました。女王は宗教的な寛容を目指しつつも、自身の立場を守るためにカトリックに対して厳しい政策をとることもありました。

ロンドンは急速な都市化と人口増加が進み、特に15歳から27歳の若者が多く住んでいました。演劇などのエンターテインメントを楽しむ市民のため、ロンドンにはグローブ座、カーテン座、ローズ座、スワン座など劇場が数多く建設されました。エリザベス女王自身も演劇を好んでいたため、**演劇文化は大いに栄えました。** 劇場付きの宿まであり、宿泊のついでに演劇を楽しむことができました。

演劇だけでなく、「クマいじめ」や「公開処刑」といった、今では考えられないような残酷なショーも人気がありました。「クマいじめ」とは、コロッセオのような劇場でクマを杭に縛りつけ、そこに猟犬を解き放ち、クマが勝つのか犬が勝つのかを見るという、今だったら大炎上しそうな信じられない見世物ですが、そんなイベントが血湧き肉躍るエンタメとして人気を集めていました。これらの娯楽は、当時の人々にとって日常の一部でした。

当時は、**感染症の時代**でもありました。ペストが大流行したのです。

歴史的にも何度か流行した時期はありましたが、シェイクスピアの頃にも流行しており、彼が生まれた年、ストラットフォードでは、全住民の1割が疫病で死んだと記録に残されています。また別の資料では、感染源となるネズミが入ってこないよう、みんな窓を閉めて布団を敷き詰めて家に閉じこもったといいます。シェイクスピアの演劇公演も感染拡大を避けるため、中止を余儀なくされました。

そんな中、俳優たちがこっそり演劇をやったりして、また病気が広まっちゃった、みたいなこともあったそうです。なんだかコロナ禍の頃とあまり変わりませんね。街には、ペストで死者が出ると鳴らしたという教会の鐘が、頻繁に鳴り響いていたといいます。人口も増えて、人気のエンタメで賑わう明るいロンドンと、戦争やペストで人が死に、どんよりとした鐘が鳴る、暗いロンドン。ここにも「きれい」と「汚い」、明るさと暗さ、二つの顔が見られます。

空白の8年間とシェイクスピア流「成り上がり方」

シェイクスピアの生涯には、**「失われた年月」という、記録が残されていない空白の8年間**（7年とも）があります。

年表を見ると、故郷に妻子を置いてロンドンに出てから、いきなりロンドンで「シェイクスピアはすごいぞ！」とニュースになっています。この間約8年なのですが、パトロンの家庭教師をしていたのではないか、あるいは貴族界をうろうろしていたのではないか、従軍していたのではないかという説もあります。

シェイクスピアが最初にロンドンに来た時は、ただの演劇好きな青年であったようです。劇場で馬の番や観客の荷物の管理などの雑用をしていたという話もありますが、確証があるわけではありません。

演劇界、まして貴族界に特にコネクションなどなかった田舎から出てきた一介の青年が、なぜか8年の間にエリザベス女王に気に入られ、貴族たちからも愛される存在になっていたのです。

シェイクスピアが貴族の家庭教師をしていたという確かな証拠はありませんが、彼が**貴族や上流社会と関わりを持ち、その中で劇作家としての地位を築いていった**ことは確かです。彼は、貴族たちや政治家たち、経済界の中心部に入り込み、パトロンたちがどのようにその世界でのし上がり、没落していくかを観察し、その知識を作品に反映させていきます。


そして、シェイクスピアは劇作家として世の中に打って出ました。彼の演劇作品はロンドンの劇場で公演され、多くの観客を魅了します。当時の劇場の収容人数は2500人程度で、それが埋まらないと赤字になります。

そこでシェイクスピアは、どんな芝居をつくったのか。すでに見てきた通り、「元ネタ」があるエンターテインメントをつくったのです。みんながよく知っているイギリスの歴史やギリシャ神話、あるいは「ジュリアス・シーザー」のような古代ローマの有名なエピソード、キリスト教の名言などを元ネタにし、そこに自分が経済界、政治界で見てきたリアルな人間の有り様を全部ぶち込んで作品にしました。

そんな作品を観て、民衆たちはゴシップネタで盛り上がり、ビジネスマンは人間模様を「あるあるネタ」のように楽しみ、また「学び」にもしました。さらにシェイクスピアは庶民たちが楽しめるだけでなく、パトロンである王侯貴族の言いたいことを演劇の中に盛り込んで、パトロンたちをも満足させるような作品に仕立て上げました。そうして、連日2500人を劇場に動員することに成功したわけです。

彼はこうして演劇で世の中を動かしながら、**社会に影響を与える実業家**にもなっていきました。グローブ座の共同所有者となるなど、投資やビジネスもして、なんと高額納税者になりました。父が没落したために良い身分がもらえなかったので、シェイクスピアは自分のお金で父に身分を買い与えたりもしています。

高額納税者として故郷にたくさん納税し、社会貢献し、没落した父が入れなかった教会に、シェイクスピア家の墓を作りました。家族にも恩返しをし、父が果たせなかったことを果たしたのです。

シェイクスピアを考えるときには、その作品だけではなく、一家が没落して田舎から出てきた青年が、いかにして演劇で成功をおさめるに至るのか——そうした、彼の人生も知ることで、より見方が深まります。

人間のかっこよさを描いたルネッサンス時代

ところで、シェイクスピアは**イタリアを舞台にしたお芝居**をたくさん書いています。『ロミオとジュリエット』はヴェローナ、『ジュリアス・シーザー』はローマ。『ヴェローナの二紳士』という作品もありますし、シチリア王を描く『冬物語』、パドヴァが舞台となった『じゃじゃ馬馴らし』、また『ヴェニスの商人』『オセロー』は、どちらもヴェニスが舞台です。

さぞかしシェイクスピアは何度もイタリアに足を運んだイタリア好き……と思いきや、実は彼は一度もイタリアに行ったことがないんです。

なぜ、行ったこともないのに、何度もイタリアを舞台にした作品をつくったのでしょうか？

シェイクスピアは**ルネッサンス期**を代表する芸術家でした。ルネッサンスという言葉は聞いたことがあるかもしれません。一言で言えば、**古代ギリシャ、ローマ時代への憧れ**です。1500〜1600年頃のヨーロッパ人たちは中世の暗黒時代を経て、新たな文化と知識の復興を求める時代にありました。彼らは「今の自分たちよりも、ギリシャ、ローマ時代の人々の方が、人間力がハンパなかった。すごい哲学者がいっぱいいたし、体も筋骨隆々で、戦争にも勝ちまくって、かっこよかった！」と憧れていました。

古代ギリシャやローマにこそ人間の本質、素晴らしさがあるのだというルネッサンス＝文芸復興の動きの中で、シェイクスピアはギリシャ、ローマの人間像に近いような、素晴らしい人間を描きたかったのだと思います。だからイタリアを舞台にしたのです。

だからといって、シェイクスピアは神様のような超越したスーパーヒーローは描きませんでした。シェイクスピアが描く人物は、日常生活の中でも輝きを放つ、強い意志と才能を持った人々です。行動力と理性を兼ね備え、それでいて悩み、失敗もし、欲深くて、嫉妬深い、いかにも人間らしい人間を描きました。シェイクスピアの最後の作品『テンペスト』にはストレートに人間賛歌を謳《うた》うことばがあります。

ああ、不思議！
こんなにきれいな生きものがこんなにたくさん。
人間はなんて美しいのだろう。ああ、素晴らしい新世界、
こういう人たちが住んでいるの！

（『テンペスト』第五幕第一場）

まじまじと見ていると、その人間がいかにも面白そうに人生を生きている。本人は苦しいかもしれないけど、なんだか周りよりすごく生き生きとして、生を謳歌している。そんな人間をシェイクスピアは描きました。私はいつもそんなシェイクスピアのキャラクターに魅力を感じます。そして自分にも、他のすべての人にも、そんな人間らしさがあることにホッとして、人間の底力に感動し、美しいな、かっこいいなと惚れ惚れしてしまいます。

歴史を知り、明日へ向かう

本書でこれまで見てきたように、シェイクスピアは、ビビッドな感覚で時代とともに呼吸をし、ライブで人にインパクトを与える演劇という手法を使って「人間と世界」を表現しました。

もちろん文学者としてもすごいのですが、それはシェイクスピアの一面に過ぎません。よく『ハムレット』は「文学のモナ・リザ」などと言われます。「モナ・リザ」の微笑みのようにいろんな見方ができて、含蓄《がんちく》があるすぐれた文学だという意味ですが、文学という枠組みには収まりきらないほどの情報量とリアリティーがあります。今を生きる私たちに響く強度を持った現実そのものを、私たちに届けてくれます。

文学、芸術というと高尚なもののように聞こえるかもしれませんが、もっと私たちがふだん生きる時に体感している社会、経済、政治、恋愛、仕事、リアルな人間関係や感情とともにシェイクスピアを観る／読むことが、一番楽しめるポイントだと思います。

そして、その視点で読むと、４００年以上前という時間的な距離など全く関係なくなります。

この時間の最後に言いたいこと、それは、**ぜひ自分の生活、人生に密着するものとして、シェイクスピアを観て、読んでみてください**、ということです。

私たちは人間です。歴史が進もうが時代が変わろうが、向き合うべき問いはたった一つ。それは『ハムレット』の一番はじめのことばに要約されています。

誰だ？

（『ハムレット』第一幕第一場）

この一言です。つまり人間とはいったい何者で、どこに行こうとしているのか。

科学技術が進み、どんどん身体を使わなくてもいい時代になればなるほど、私たちは同時に人間を理解していく必要があります。私たちは何者なのか、私たちにとっての幸せは何なのか、今一度考えていくことが大切になっていきます。

私たちはどこに向かうのでしょうか？

死者であるシェイクスピアは、答えはくれません。いつも沈黙しています。

しかし、ここまで旅をしてきたみなさんにとって、それは問題ではありません。すでに隣に、シェイクスピアがいるからです。作品を読み込み、問いを受け取り、新しい地球として創造できるみなさんは、シェイクスピアの声を聴き、対話することができます。

私たちは何者なのか、どこへ向かうのか——彼がのこした豊かで雄弁な作品たちには、私たちの「これまでとこれから」を考えるためのヒントがたくさんつまっています。

これからの歴史＝未来をつくっていくのは、過去と未来の連結点にいる現在の私たちです。これまでの歴史＝過去と向き合いながら、14歳の私たちの旅はまだまだ続きます。

さあ、あなたはどんな一歩を踏み出しますか？

課外授業

翻訳の時間

EXTRA CLASSES
•
TIME FOR TRANSLATIONS

シェイクスピア全作品を訳した松岡和子さんに、翻訳のおもしろさを聞いてみよう!

本書で引用しているシェイクスピア作品は、松岡和子さんの翻訳です。松岡さんは、なんとシェイクスピアの全37作品をひとりで、20年以上かけて翻訳しました。日本人としては坪内逍遥《しょうよう》、小田島雄志《おだしまゆうし》につづいて三人目となる偉業です。しかし、松岡さんのすごさは、それだけではありません。何度も何度もシェイクスピアを読みなおし、舞台の稽古場に足を運んで役者や演出家と交流しながら、今もなお自身の翻訳を〝更新〟し続けているのです。そんな松岡さんに、シェイクスピアを「翻訳する」とはどういうことなのか、たっぷりと伺いました。

原文、直訳、翻訳はどう違う？

木村　今回は課外授業として、松岡和子さんにお話を聞いてみたいと思います。僕は自分の劇団「カクシンハン」で、ずっと松岡さんの翻訳を使ってきました。シェイクスピアの日本語訳はこれまでたくさん出ていますが、松岡さんの翻訳は、演劇として上演する前提で訳されているのでとても読みやすく、演じやすい。松岡さんはどんなことを考えながら全作品を翻訳されてきたのか、シェイクスピアの翻訳にはどんなむずかしさ、おもしろさがあるのか。今日は「翻訳の話」をたっぷり伺いたいです。

松岡　今日ね、翻訳の話っていうので、もしかして役に立つかなと持ってきたものがあるんですよ。今、明治大学でシェイクスピアについて年に一コマだけ授業を持っているんですけど、その講義のハンドアウトと学生さんたちの感想文。そこで原文・直訳・翻訳の三つを並べて学生さんに読んでもらっているんです。例えば『お気に召すまま』という作品の、オーランドーが書くラブレターの場面を、こんな感じで並べて読んでみる。

（213ページ参照）

木村　へぇー、おもしろい！　これはわかりやすいですね。

松岡　原文を見るとわかるように、Rosalind に、Inde, wind, mind という風に -ind で韻を踏んでいますね。直訳だと意味は伝わるけど、韻は踏んでいない。こういうときに、『逆引き広辞苑』というのが役に立つんです。これ、ご存じですか？

木村　いえ、知りませんでした。

松岡　おお、それはよかった。しめしめ（笑）。『逆引き広辞苑』は名前の通り、逆から引く辞書なんですね。例えば「ロザリンド」で韻を踏みたかったら「ンド」で引いてみる。そうすると、「アンド」「インド」「ラウンド」のように「ンド」で終わる単語がわかるんです。ラップをやる人には絶対役に立ちます。原文と直訳と翻訳、三つを並べただけで、シェイクスピアの翻訳がどういうことかってことが一目瞭然じゃないかと思ったんです。感想文でもそこに翻訳の面白さを見ているものが沢山あります。

木村　おもしろいですねえ。『お気に召すまま』のこの部分はまさにラップのようで、読むといつも印象に残ります。ストーリー以上にこういう方が残ったりしますよね。

僕が最初にシェイクスピアに出会ったときは、本棚にしっかりとしまわれているような、これこそ演劇だ！みたいな堅苦しさをちょっと感じていたんです。でも松岡さんの訳を読んだときに、なんというか、「自由に遊んでいいよ」と言われた気がした。それは他の訳では感じなかったことで、それからずっと、松岡さんがつくったシェイクスピア全37作品という公園で遊ばせてもらっている感覚なんです。例えば、先ほどの「ロザリ

『お気に召すまま』
第三幕第二場

原文

From the east to western Inde,
No jewel is like Rosalind.
Her worth being mounted on the wind,
Through all the world bears Rosalind.
All the pictures fairest lin'd
Are but black to Rosalind.
Let no face be kept in mind
But the fair of Rosalind.

直訳

東から西までのインドに
ロザリンドのような宝石はない。
ロザリンドは彼女の価値を
風に乗せて世界中に運ぶ。
最も美しく描かれたすべての絵も
ロザリンドに比べれば黒い。
ロザリンドの美しさ以外は
どんな顔も心に留めるな。

松岡訳

東インドに西インド
競《きそ》う玉なきロザリンド。
風の彼方《かなた》のワンダーランド
そこでも名高いロザリンド。
どこの絵描きも大感動
世にも麗しロザリンド。
会いたい会いたいまた今度
心に残るロザリンド

ンド」で韻を踏む箇所も、この場面を覚えていたら、自分でも韻を踏んで遊べるじゃないですか。そしたらちょっとシェイクスピアに慣れちゃうというか、そんな土台を作ってくれたと思うんです。

松岡　うれしいですね。シェイクスピアはやっぱり読み直すたびに何かが「見つかる」し、新しい演出家さんと仕事をしていても毎回、わあ！っていう発見がある。

木村　松岡さんは本を刊行して終わりじゃなくて、そこから何度も翻訳を更新し続けているんですよね。

松岡　してます、してます。例えば、『マクベス』で言えば、有名なトゥモロー・スピーチも……。

木村　まさにそれ、今日聞きたかったことなんです。

一語だけ直した「トゥモロー・スピーチ」

松岡　『マクベス』を翻訳したのは1996年でした。そこからほぼ30年経って、最近、訳を1か所直したんです。

木村　直されたトゥモロー・スピーチとは、『マクベス』第五幕第五場、妻の死を聞かされたマクベスによる、有名な独白ですね。どう直されたんですか？

松岡　最初の1行目なんですよ。原文は、Tomorrow, and tomorrow, and tomorrow. 最初に訳したときは「明日《あす》も明日も、また明日も」。その方がいいリズムになると思って、「明日」にわざわざ「あす」とルビを振って読んでもらっていたんです。

ところが、2000年にアントニー・シャーという有名な俳優がやったマクベスを、ストラットフォード・アポン・エイヴォンと東京で観たんです。彼のそのセリフを聞いていると、「トゥモロー・アンド・トゥモロー」と、and をすごく強調していた。シェイクスピアの戯曲は、基本的に弱強五歩格というリズムで作られています。アクセントの強弱ペアが5回繰り返されて1行になっているのですが、ふつう and は接続詞だから、「弱」に入るはずなんですよね。でもアントニー・シャーは、and を強くして「明日、また明日」としていた。どうやらスキップを踏むように、リズムよく明日に向かっていくのではないことがわかったの。だからその公演を観た後、「明日《あした》も、また明日も、また明日も」と、「明日」の読み方を変えてもらったんです。

木村　そこまでは僕も聞いたことがありました。

松岡　そうでしょう。でも実はまだその先があって。その後も、ずーっと tomorrow という言葉にうっすら引っかかってたんですよ。tomorrow って一つの単語だと思うじゃないですか。ところがto/morrowに分解できるんですね。toは「〜へ」という方向を表す前置詞です。morrowは古い言葉で「朝」という意味。だから、tomorrowは「明日」だけではなく「朝へ」という意味にもなる。tomorrow 一語で「明日」と「朝へ」という二つの意味が重層的になっているんです。

それがずっと引っかかってたんだけど、ある時、遅まきながら、1623年に出版されたフォリオ版（the First Folio）の『マクベス』のトゥモロー・スピーチの部分をなんとなく見ていたんです。そしたらtomorrowが2語に分かれてto morrowとなっていた！シェイクスピアは完全に、tomorrowをto morrow、つまり「明日＝朝へ」という意味で書いていたんです。だから、訳文を、「明日も」から「明日へ」に変更しました。日本語でも「あした」には「朝」の意味もある。「明日《あした》へ、また明日へ、また明日へ」と。

木村　ああ、すごい。素敵ですね。すごいな……。

松岡　この新訳で初めて上演してくれた俳優・演出家の河内（大和）君に聞いたら、「明日も」から「明日へ」に変わっただけで、目の前に見えてくる景色が全然違うって。「明日へ」と言うと、なんだか明るい感じがしますよね。でも、マクベスを待ってるのは死なんです。夜が明けて朝になる、でもその朝を繰り返した先には死がある。それがわかっているから「and また」が重くなる。マクベス、そして人間すべてが、明日＝死に向かって歩いている。「明日も」から「明日へ」と変えるだけで、作品全体から見た悲劇がより際立って、人間に対する強烈な皮肉になる。思い切って直してよかったなと思います。ようやくシェイクスピアが書いてたところにたどり着けたなと……要するに結論は、シェイクスピアすごい（笑）。いっつもそうなんだよね。木村君と話してても、結論シェイクスピアすごい、で落ち着くんだよね。

木村　今お話を伺って、このスピーチがカチッとはまった気がします。この箇所って正直よくわからないんですよ。いろんな訳を読んでも、上演してても。でも今の「へ」が入るとすごくよくわかりますね。マクベスは妻の死に遭っても、自身が悲劇を迎えようとしても、最後まであきらめない。「明日へ」という言い方はマクベスらしいですね。トゥモロー・スピーチの末尾は「筋の通った意味などない（Signifying nothing）」で終わりますが、そこにもつながります。「明日へ」としている翻訳は他にないですよね。たった一語の翻訳ですが、これは発明というか、シェイクスピアの考えを表していると思います。松岡さんはずっと、翻訳を発見し続けてるんですね。

松岡　訳を変えるのはめちゃくちゃ緊張するんです。誰もやってないことをやるのって本当に怖いんですよ。でもこれは絶対、やってよかった。シェイクスピアからも「よしよし」って言われるんじゃないかなと思いますね。ほんとに〝宿題〟なんです。翻訳を出して、何度も上演されて、でも、ちょっと違うなというのがずーっと頭に残ってて、ある時ひょんなことでその回答が出るんです。今回も、最初の翻訳から30年経ってようやくたどり着けた。

『ハムレット』のあのセリフをどう訳す？

木村　トゥモロー・スピーチもそうですが、松岡さんの翻訳は、言葉が固定してあるのではなくて、常に動いていると感じます。『ハムレット』の To be, or not to be, that is the question. もそうですよね。有名な訳でいえば「生きるべきか、死ぬべきか、それが問題だ」と格言っぽいですけど、松岡さんの訳は「生きてこうあるか、消えてなくなるか、それが問題だ」です。「生きてこうあるか」というのは、単に生死だけではなく、人間の在り方や営みをすべて含みますよね、空間もすべて。

松岡　この翻訳に関しては、最初「生きてとどまるか」としていたんですが、木村君が『ハムレット』を上演するときに「生きてこうあるか」に直したのね。

木村　そうでした。メールで「こうしたいんだけど」といただいて。これはどういう経緯だったんですか？

松岡　これも相当悩んだんです。To be, or not to be の be って嫌な動詞で、「存在する」という行為を表すと同時に、「こうである」という状態を表す動詞でもあるんですよ。だから先達の翻訳者たちはみんな困っちゃった。「生きる／死ぬ」とすると行為だけを表すことになってしまうから「死ぬべきか」はちょっと違う気がしたし、実際にシェイクスピアは「死ぬ」die という単語を2行先まで使っていないんです。だから翻訳で先取りしちゃいけないというのはまず思っていて、どうしようと。

まず、to be は「生きてとどまるか」と訳しました。「生きて」は行為ですが、動くイメージではないので良いだろうと。そこに「とどまるか」という、動かない動詞を入れた。そして、not to be は「消えてなくなるか」。「なくなる」は最初から入れようと思っていて、「消える」は自分からふわっとなくなる感じだから、これも状態と解釈できる。だから「生きてとどまるか、消えてなくなるか」としたんだけども、改めて考えるとやっぱり「とどまる」は行為だなと。日本語としては硬いかもしれないけども、原文にもっと寄っちゃえと思って「生きてこうあるか」に直して、木村君に相談したら、「いけます」と言ってくれた。

木村　ハムレットを演じる役者、このプロジェクトそのもの、観客、すべてを含むような訳だなと思いました。この新訳だけで上演する意味があると。

松岡　やっぱり現場が「これでいけます」と言ってくれなかったらセリフにならないわけです。もう一回考え直して七転八倒が続いていたかもしれない。でも木村君がすごく喜んでくれて、これでいいんだよと言ってもらった気がしました。翻訳を出すときは、それこそオズオズなんですよ。それがゴーサインだったので嬉しかった。

日本語訳を英語に逆訳すると……

木村　松岡さんは、稽古場で自分の日本語訳を逆に英訳したことがある、と聞いたんですが……。

松岡　あくまで演出家用にですけど、私の訳を第三者に英訳してもらいました。2007年新国立劇場で『夏の夜の夢』を上演したときに、演出家のジョン・ケアードさんが私の日本語訳のニュアンスを知りたいと、日本語から逆訳したんですね。……今、『夏の夜の夢』ありますか？　ああ、これは2刷だからまだ直ってないですね。三幕一場の最後、媚薬を目に垂らされたティターニアが、ロバに変身させられた機屋のボトムをベッドへと誘い、お付きの者たちに向かって話すセリフです。

「さあ、みんな、おそばに控え、私の四阿《あずまや》にご案内して。／なんだか月が涙ぐんでいるようね。／月が泣けば、小さな花もこぞって泣く。／犯された乙女の操を嘆いているの」

ケアードさんが引っかかったのは、最後の「犯された乙女の操」です。原文はenforced chastity で、私が翻訳の底本にしたアーデン版にはそこに、violated by force（力によって犯される）と注釈がついていました。私もそれにならって「犯された乙女の操」と訳したのですが、その日本語を英語に戻すと、注釈と同じ意味になる。そこでケアードさんが「ちょっと待って。ここは原文通り、chastity『純潔』が enforced『無理強いされた』という意味だよ」と言ったんです。「乙女の操」としてしまうと、本来の意味とちょっと違ってくる。だから「犯された乙女の操」から「強いられた独り寝」と訳を直したんです。

木村　なるほど、そうすると一幕一場のハーミアともつながるわけですね。『夏の夜の夢』の冒頭でハーミアは、好きな人と結婚したいのに父に反対されて、「死刑か、さもなくば世間との交わりを一切断つ。（略）永遠に暗い庵室に閉じ籠り／何の実も結ばない冷たい月に向かって讃美歌を歌い／一生を空しく過ごさねばならない」と公爵に言われます。まさにこれもまた「強いられた独り寝」ですね。

松岡　そうなの！「犯された乙女の操」と訳してしまうと、どこにもつながらない。でも「強いられた独り寝」と訳せば、作品冒頭の場面につながる。だからこの解釈で間違いないと思ったんです。英語で上演する場合は、解釈の違いはあるけれど、原文そのままだから問題ありません。でも日本語の場合は、間違った解釈の翻訳で上演されちゃまずいから、今後はこの新しい翻訳で通さなきゃいけないんです。

木村　そういう話を聞くと、自分も演出したくなるんですよね。今度はこのセリフに気をつけて演出してみよう。

シェイクスピアは何でもあり

木村　まだ駆け出しの頃に、シェイクスピアシアター（1975年、演出家出口典雄《でぐちのりお》によって旗揚げされた劇団）や、蜷川幸雄《にながわゆきお》さんの稽古場をうろうろしてた時期があるんです。すると「シェイクスピアはこうあるべき」「セリフはこう言うべきだ」と思いがちになって。そんな時に大学時代にお世話になった英文学者の大橋洋一先生が、「いや、シェイクスピアなんだから何でもいいんじゃないですか」と言ってくれたんです。どんな見方や解釈、やり方も許容してくれるほど大きい存在なのだから、考え方を固定せずに何でもやってみたらいいんじゃないかと。その時にパーンと開けた感じがしたんですよね。この言葉と、そんな「なんでもあり」を許してくれる松岡さんの翻訳があるおかげで、僕はシェイクスピアの世界で遊べている気がするんです。
翻訳によっては、ふつうは訳を変えさせてくれないのですが、松岡さんは相談の上で演劇作品ごとに変えても良いというスタンスですよね。

松岡　そうですね。蜷川幸雄さんも稽古場で「ここ変えて」ということがあって、そこで変えたものを後に活字でも直すこともあれば、現場だけの変更で活字の方は変えないとか、色々です。だから現場はいいのよ、変えても。演出家・串田《くしだ》和美《かずよし》さんには「僕らはわからないことがあってもシェイクスピアに聞けないから、なるべく代わりに稽古場にいてください」と言われましたね（笑）。

木村　長野の松本で『リア王』を演出した時は、重要な荒野のシーンで、登場人物二人が立って芝居をしていたら、稽古場に来られた松岡さんが「二人座った方がいいよ」とアドバイスをくださって。そうすると俳優も見違えるようにやりやすくなった。自信になりましたね。

松岡　そういうやり取りがあると、稽古場の風通しもよくなるし、現場もダイナミックに動くんです。

木村　松岡さんにはずっと稽古場にいてほしい（笑）。僕の演出した舞台を、最初に観ていただいたのも『リア王』でしたね。

松岡　知り合いの河内君が出演するというので観に行ったんだけど、すごく面白くてダイナミックで、おお！って。このカンパニーはずっと見続けようと思った。たまたま私の翻訳も使ってくださってましたし……。私は翻訳者としてはすごくわがままなところがあって、どんなにビジュアルが綺麗だったり、俳優さんが上手かったりしても、言葉がちゃんと伝わってこなかったらもう許せないんですね。でも、木村君の「カクシンハン」はすごいスピードでダイナミックに事が運ぶんだけども、とにかく言葉が全部クリアに聞こえる。これはすごいなと。それが最初の印象ですね。狭い空間もすごく上手に活かされてた。言葉がよく聞こえる、役者さんの動きがダイナミック、ビジュアルで何かしら必ず工夫がある、そして空間が常にユニークなんです。その極みが「シン・タイタス」で倉庫を舞台にしたことでした。そういうところがカクシンハンの特徴かな。

木村　言葉を伝えることへのこだわりは、本から入ったからかもしれません。僕は演劇を見てシェイクスピアに入ったんじゃなくて、『マクベス』の木下順二訳を初めて開いたのが最初の出会いなんです。音楽も好きだったので、シェイクスピアのリズム感のある言葉もおもしろくて。

シェイクスピアシアターの演出家・出口典雄さんがいかに言葉を届けるかをすごく役者に求める方だったので、その影響もあると思います。僕が『じゃじゃ馬馴らし』という作品でルーセンショー役をやった時に「トラーニオ、おれは前々からこの学芸の都、美しいパデュアを一目見たいと思っていた」というセリフの中の「前々」だけで2週間ぐらいダメ出しされました（笑）。もうわかんなくなって稽古の途中で「ちょっと抜けます」と、東中野の銭湯へ行ってさっぱりしてから「もう一回やらしてください！」って（笑）。でも自分にとってはすごく貴重な経験でしたし、言葉が重要というのはそこで教わりましたね。

松岡　そういう下地があって言葉が聞こえてくるから、それがやっぱり嬉しいですね、シェイクスピアの〝言葉担当〟としては。

女性のセリフをどう翻訳するか

松岡　でも、最初に出会ったのが木下順二訳、シェイクスピアシアターは小田島雄志訳を使っていますよね。なんで松岡訳にすることになったの？

木村　直感で……最初はあまり詳しく分析もせず、いい雰囲気が漂ってくるなぁぐらいの感じで選んでいました。それでやっていたらやっぱりいいなと。他の訳で稽古した時に、女性同士が会話するシーンで、なんか古いなと思ったことがあるんです。そこで松岡訳を見たらそういうことは感じなかったので、それも大きいですね。

松岡　女性の言葉に関してはすごく気をつけているんです。最初、シェイクスピア翻訳のオファーが来た時、100年も読み継がれていくつも翻訳が出ているから、もう新解釈なんて入り込む余地はないだろうと思ってたんですね。だったら私のやることってなんだろうと。一つ思ったのは、それまで客席でシェイクスピアを観てきて、女性キャラクターの言葉がすごく気持ち悪かった。なんか気持ち悪い。それはやはり、男性の翻訳者が女性言葉として訳していたからなんです。女性として初めて順番が回ってきたわけだから、女性の観客も気持ち悪くなく聞ける、そして舞台に立つ女性が気持ちよく、何の違和感もなくしゃべれる、最低限そんな翻訳にしようと思ってやってましたね。だから、いわゆる女性言葉「ですわよ」「ございますのよ」とかは全部取る。

木村　『ロミオとジュリエット』は特にそうですよね。

松岡　3作目に訳したのが『ロミオとジュリエット』で、有名なバルコニー・シーンの、先達たちの翻訳を読んだら腰抜かしちゃったのよ。ジュリエットがロミオに対して、ものすごくへりくだっていたんです。ロミオとジュリエットは、原文では対等な関係なんですね。なのにこれまでの日本の翻訳では、「(あなたが)結婚ということを考えてくださるのなら」(小田島雄志訳)といったように、ジュリエットがすごく下手に出ていた。これは違うだろうと。そこからですね。『ロミオとジュリエット』以降の翻訳でも、男と女がお互いをどう呼び合っているか、関係が対等かそうでないかをしっかり押さえて、余計な女っぽさはつけないことを心がけました。

ジュリエットはロミオと対等な関係なので、絶対にロミオのことを my lord（主人）とは言いません。ただ2か所だけ、そう言う場面があるんです。そのうち一箇所は And follow thee my lord throughout the world.（世界じゅうどこへでもついて行く）。なぜここで my lord なんて言うんだろうと、ずっとうまく訳せなかった。でもあるとき気づいたんです。自分のお母さんたちが夫を my lord と言っているから、ロミオとの結婚に憧れるジュリエットは、早くロミオのことをそう呼びたいんだ！って。だから「私の旦那様」という訳を入れたの。「世界じゅうどこへでも私の旦那様について行く」。そうするとこのジュリエットのセリフがめっちゃ可愛くなるんです。

もちろん乱暴な言葉使いにはしないけれども、役名をとったら男か女かわからないようなやり取りにすることは心がけてますね。だから、そこを押さえて演出してくれているのはすごく嬉しい。やっぱりとても意識して翻訳しているから。

木村　松岡訳だと、男性役と女性役、どっちが演じても成立するんです。『リア王』を演出した時も、作品では男性のエドマンド役を女性に演じてもらいました。男女関係なくキャスティングできる翻訳だなと思います。

松岡　要するに、私の翻訳じゃなくて原文が既にそうなんですよ。原文そのままに、私は翻訳しているだけなんです。

木村　ああ、だからやっぱりシェイクスピアは……。

松岡　すごい（笑）。

シェイクスピアの「広報担当」

松岡　役者さんって、シェイクスピアをやるとハマる人が多いんです。木村君は、役者じゃない人とシェイクスピアを読むことをやってらっしゃるじゃないですか。私もカルチャースクールで授業をするとき、音読してもらうんですね。私の持論は、「黙読は知識になる。音読は体験になる」ということ。その体験を、役者さんだけにやらせておくのはもったいない、私たちもシェイクスピアを体験しましょうと。やっぱり声に出して言うと違うんですよね。

木村　確かにシェイクスピアをやると元気になってきます。「学ぶ」より「やる」が先に来た方がシェイクスピアは楽しめるんじゃないかなと。やってみると、もっと知りたくなってどんどん勝手に読んだり観たり調べたくなるので、「やる」から入った方がいいな、と思いますね。以前、自分の劇団に松岡さんから推薦コメントをいただいた時に、「シェイクスピアの台詞は俳優に演技の膂力《りょりょく》を与える――これが私の確信です」と仰ってくださって、ほんとにそうだなと。

松岡　私も本当にそう思うんです。膂力というのは底力とか、腰の力ですよね。シェイクスピアをやると役者としての腰の力がつくんです。

木村　シェイクスピアをずっとやってる俳優は力強くなってきますね。役者としての力量だけじゃなくて決断力がついてくるというか。それはシェイクスピアの言葉に常に触れているからかなと感じますね。だから俳優だけじゃなくて、いろんな人が早いうち、それこそ14歳ぐらいからシェイクスピアに触れていたら、もっと迷わず……迷ってもいいんですけど、人生の一つ一つの岐路に勇気を持って挑んでいけるようになるんじゃないかなと思っています。

松岡　私自身、何度もシェイクスピアから逃げようとしたんですよね。蜷川さんから全作品を翻訳してと言われたときは「はいっ！」でしたけれど、若い頃、大学院でも、最初に東京女子大の恩師のコールグローヴ先生からシェイクスピアの授業を持ちなさいと言われたときも、専門家ではないのでとてもそんなことはできないと逃げようとした。

そしたら先生からこう言われたんです。「和子、そんなに難しく考えなくていい、教室でシェイクスピアのPRをすればいいんだよ」って。素敵でしょう？　学問としてのシェイクスピアじゃなくて、シェイクスピアってこんなにおもしろい、このキャラクターはこんなに素敵、それを伝えることならできるかもと思って、それが今も続いてるんです。だからときどき、経歴でちょっとふざけてもよさそうなときは、「シェイクスピアの広報担当（頼まれてもいないのに）」と書くことにしてる。

思えば、翻訳も広報活動なわけですよ。すごいいいセリフがあったら、絶対その通りに訳す。私が原文を読んで泣いたら、もう絶対日本語でも泣かしてやる！というつもりでやってきた。だから恩師の「和子はシェイクスピアのPRをすればいいんだよ」が生きてるんですよ。

木村　そのPRに僕はハマったわけですね（笑）。

松岡　いや、みんなそうなんだと思う。作曲家のヴェルディは、『マクベス』をオペラにしてるけど、9歳の時にシェイクスピアを読んでハマったそうです。それで彼は音楽の形で〝広報〟してるわけじゃない？　お芝居や読むのが苦手でも、オペラなら好きという人もいる。そういう人に、ヴェルディはオペラでシェイクスピアを伝えている。

木村　改めてすごいですね、シェイクスピアは。いろんな人を「食わせて」きてますね。

松岡　そうですよ。私なんて、もうイギリスに足向けて寝られない（笑）。

AIジュリエットに相談!?

木村　そう考えると、偉大な劇作家というよりも、ポケモンとかスーパーマリオといった時代を超えるキャラクターを生み出したクリエイター、といった方が近いかもしれませんね。僕自身、キャラクターからもっとたくさんの人にシェイクスピアを広げられるんじゃないかと、今あるものを開発していて。最近AIで、シェイクスピアのキャラクターと遊んでるんです。

松岡　ええー！

木村　開発者に作ってもらっているんですが、シェイクスピアの原文を全部AIに食べさせて、ロミオやジュリエットに相談したりしてるんです。

松岡　それはチャットGPTのようなもの？

木村　そうです、チャットGPTのシェイクスピア版ですね。

松岡　見せて見せて。

木村　ロミオとジュリエットが選べるんです。ジュリエットは絵文字を使ってくれて。

占いもあるのでちょっとやってみてください。

松岡　へえ、ジュリエットの言葉が出るんだ。「自信と決断力が高まる」……おお、嬉しいね。

木村　「今日は松岡さんと対談です」とロミオに言ったら、「それは素晴らしい知らせだね。まさに夢のような機会だ」と。他にも、ジュリエットに会った瞬間どうだった？と聞くと、「まさに運命の出会いだったね。仮面舞踏会で彼女を初めて見た時、その美しさに心を奪われたんだ」って。

松岡　ちゃんと作品の内容も知ってるのね。

木村　「よくその時のことを覚えてるね」と言ったら、「君の情熱が僕の記憶を蘇らせるんだ」。ちょっとシェイクスピアっぽいですよね。「ありがとう、またね」と言ったら「別れの時が来たか」と、だんだんらしさが出てきて（笑）。

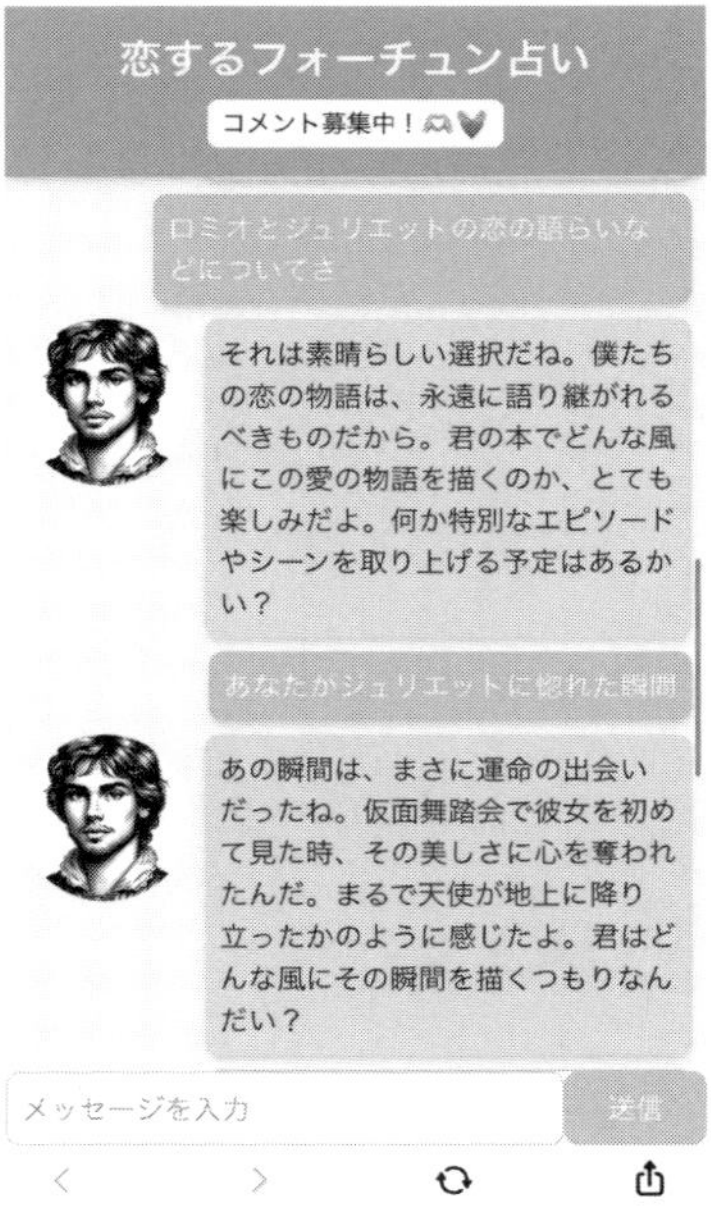

AIロミオとの会話

松岡　うわあ、おもしろい。

木村　今ジュリエットのセリフをいっぱい入れているので、どんどんジュリエットらしいことを言うようになってきました。これからは勉強のことをジュリエットに聞いたら数学について教えてくれるとか、シェイクスピアのキャラクターたちに何でも聞けるようになったら身近に感じるなと思って。

松岡　「暗殺者をどこで調達したらいいか」とかね（笑）。

木村　それでちょっと演劇に行こうかな、みたいに思ってもらえたらいいなと思うんです。僕らより若い世代もシェイクスピアにハマれるかなと。どの翻訳を学習させるかでも変わってきますし、松岡さんや僕がシェイクスピアを楽しんでる感じを気軽にやれたらなと。シェイクスピアを知らなくても、ジュリエットやロミオとなら、なんだか仲良くなれそうじゃないですか。そういうキャラがいっぱいあふれたらおもしろいなあって。

松岡　シェイクスピアって、やっぱりストーリーよりもキャラクターなのよね。シェイクスピアの作品にはほとんど原作があるけど、もともとのストーリーはすごく平板なんです。それがこれほどダイナミックになったのは、魅力的なキャラクターを言葉で生み出しているからなんです。『ロミオとジュリエット』だったらジュリエットの年齢を原作の16歳から、あと2週間で14歳としたり、キャラクターの設定自体を変えている。

木村　『オセロー』でも「嫉妬」というワードをたくさん入れたのはシェイクスピアですよね。『ヴェニスの商人』の設定も……。

松岡　もとになった話とは全然違う。もとの話にはシャイロックという名前すらなくて「ユダヤ人の金貸し」としか書かれてない。シェイクスピアは原作にはないキャラクターをクリエイトしてるんです。

常にチャレンジするシェイクスピア

木村　チャットGPTのような生成AIとシェイクスピアのキャラは相性がいいと思うんですよね。つまり、全部しゃべり言葉だから。織田信長をAI化しようとしても、信長自身の話し言葉はないから再現できません。でもロミオはしゃべっているから、AIにできるんです。

今やってみたいのが、『夏の夜の夢』で、ヘレナをAIにするという演出なんです。ヘレナ＝AIロボットが、月を眺めてるうちに音楽が聞こえてきて、夢を見るようになってしまった。それが『夏の夜の夢』のプロットになって、その中でAIヘレナが恋に落ちる。データとして恋は知っていたけど、これが恋というものなのか、というテーマも入れ込みつつ。

松岡　ヘレナは私も大好きなキャラクターで、彼女を主人公にした芝居ができると思っていて。ヘレナをＡＩにする、というのはアリかもね。

木村　他にも、あまり演出したことがない『お気に召すまま』とか、やったことのない作品がいっぱいあるので、徐々に他の作品も演出してみたいですね。

松岡　シェイクスピアって一作一作チャレンジしているんですよね。全作品を訳してみて振り返ってみると、ある作品でチャレンジしたことを他ではやってない、同じことを二度はしてないのがわかります。最初に挙げた『お気に召すまま』の文体もそう。作品全体が一種の魔法、おまじないのようで、それが文体に現れている。そんなの37作品のうち一つだけなの。『アテネのタイモン』という作品も訳していてすごく難しかった。どのキャラクターも感情移入を拒むように書かれてるんです。そんな作品はこの一本だけ。

木村　本当に一作一作、他でやってないことにトライしてるんですよね。

木村　シェイクスピア自身がチャレンジしている。

松岡　そうです、そうです。だから翻訳も、いっつも難しい。私は毎作品、「今までで一番難しい」って必ずぼやいてたらしいの。親しい友達が「前も言ってたよ」って（笑）。シェイクスピアが毎回新しいことをしているから、翻訳者としてもチャレンジしなければばならない。最初に『ハムレット』を訳したので、あとはルンルンかと思ったら大間違いだった（笑）。

木村 演出家としても、次の作品、次の作品、今度はどうやろうかと思うんですよね。

松岡 ぜひ頑張ってください、ほんとに。いろんなアプローチで、シェイクスピアをみんなで広報しましょう。

木村 シェイクスピアを演出する方はたくさんいますけど、あっちに蜷川幸雄さん、吉田鋼太郎さんがいて、こっちに出口典雄さんがいて、串田和美さんがいて、といったようにそれぞれ意識はしていても、お互い干渉しないのがいいなと思っていて。企業同士だとつぶしあったりするかもしれないけど。

松岡 そうなのよ。ライバル心はあるけれども、いがみ合ったりとは違う。

木村 シェイクスピアの世界をみんなそれぞれ楽しんでいる感じがしますよね。そして松岡さんはその間をふわ～って飛び回っているイメージ（笑）。それが僕はなんだか好きですね。松岡さんにはこれからも本当に、いろんなところに顔を出してほしいです。

松岡 長生きしなきゃ。読み直すたびに宿題が見つかるから、全作品を訳し終えてもまだ死ねない（笑）。

木村 ずっと元気でいてください。宿題を解けるのは松岡さんしかいないですから（笑）。

松岡和子（まつおか・かずこ）

１９４２年、旧満州新京（現・長春）生まれ。東京女子大学英米文学科卒業、東京大学大学院修士課程修了。英米の小説や評論、現代劇の翻訳を経て、１９９３年からシェイクスピア作品の翻訳に取り組む。２０２１年、全作品の翻訳を完結（ちくま文庫『シェイクスピア全集』）、その功績により第58回日本翻訳文化賞、第69回菊池寛賞、第75回毎日出版文化賞等を受賞。自称シェイクスピアの「広報担当」。

シェイクスピアが生まれる前の出来事

大航海時代：1488年バルトロメウ＝ディアスが喜望峰到達、1492年コロンブスによる「新大陸発見」、1498年ヴァスコ＝ダ＝ガマによるインド航路開拓
ルネッサンス：14世紀〜16世紀にダ＝ヴィンチ、ミケランジェロ等が活躍
宗教改革：1517年、ルターによる宗教改革でカトリックとプロテスタントが対立、16-17世紀ヨーロッパで宗教戦争が起きる。1534年、イギリス国教会成立
薔薇戦争（1455–1487）：王位継承を巡るランカスター家とヨーク家の内乱

世界の出来事	西暦	年齢	シェイクスピア
エリザベス女王即位	1558		
ガリレオ・ガリレイ誕生、ミケランジェロ死去	1564	0歳	ストラットフォード・アポン・エイヴォンで誕生（4月23日が誕生日とされる）
	1568	4歳	父ジョン、ストラットフォードの町長に選出（69年まで）
	1571	7歳	この頃、キングズ・ニュー・カレッジのグラマー・スクールに入学
	1577	13歳	この頃から父ジョン、経済的に困窮しはじめる
	1582	18歳	8歳年上のアン・ハサウェイと結婚
	1583	19歳	長女スザンナ誕生
	1585	21歳	長男ハムネット、次女ジューディスの双子誕生
	1587	23歳	この頃、ロンドンに出たと考えられる
スペインの無敵艦隊をイギリス海軍が撃退。この頃、宮廷でフルーツパイが人気に。エリザベス女王はアップルパイを好んだとされる	1588	24歳	
	1589	25歳	『ヘンリー六世』三部作執筆に携わる（〜91年）
疫病が流行し、劇場閉鎖（1594年まで）、翌93年には疫病により1万人以上ものロンドン市民が死亡	1592	28歳	この頃、『リチャード三世』『タイタス・アンドロニカス』など執筆
	1594	30歳	この頃、宮内大臣一座結成、株主となる。『ロミオとジュリエット』『ジョン王』など執筆

失われた年月（年代は諸説あり）：1585〜1592

世界の出来事	西暦	年齢	シェイクスピア
	1596	32歳	長男ハムネット死去。父ジョン、紋章使用の許可を受ける。結婚式で『夏の夜の夢』上演。この頃、『ヴェニスの商人』『ヘンリー四世』二部作執筆
	1597	33歳	故郷にニュー・プレイスを購入、妻子を住まわせる
	1599	35歳	グローブ座が建設され、株主となる。グローブ座は『ジュリアス・シーザー』で開場。この頃、『から騒ぎ』『お気に召すまま』『十二夜』執筆
イギリス、東インド会社設立。海外貿易を推進し、アジアとの貿易を拡大	1600	36歳	『ハムレット』執筆
	1601	37歳	父ジョン死去
エリザベス女王死去、ジェームズ一世即位、日本で江戸幕府誕生	1603	39歳	
	1604	40歳	『オセロー』初演
セルバンテス著『ドン・キホーテ』(前編)出版	1605	41歳	この頃、『マクベス』執筆
	1606	42歳	『リア王』宮廷で上演
イギリス、現在のアメリカ、ヴァージニア州に初の植民地を建設	1607	43歳	
	1608	44歳	母メアリ死去
	1611	47歳	最後の作品『テンペスト』上演、この頃帰郷?
	1613	49歳	『ヘンリー八世』上演中、劇場が炎上したのを機に完全に引退
ガリレイ裁判(一度目。地動説が異端とされる)、徳川家康死去	1616	52歳	4月23日、死去。享年52歳
	1623		最初の戯曲全集(ファースト・フォリオ)出版
ウェストファリア条約締結。宗教戦争が終結し、主権国家体制が成立	1648		

参考:『シェイクスピア・ハンドブック』(河合祥一郎・小林章夫編、三省堂)、『シェイクスピア　人生劇場の達人』(河合祥一郎、中公新書)、『シェイクスピア伝』(ピーター・アクロイド、河合祥一郎・酒井もえ訳、白水社)

CHARACTER NAME

リア王

『リア王』

戦闘力 ★★★★
やさしさ ★
憎めなさ ★★★

どこか憎めないガンコじいちゃん

解説

平均寿命30代の世界で80歳まで生きてしまった老王。ガンコで、時に古い価値観で周囲に迷惑をかける。騎士たちを引き連れて豪遊するのが好き。3人の娘を溺愛するが、本当の愛を見失い、身ぐるみを剥がされ荒野をさ迷い歩く。それでも王としての威厳は失わない。今で言えば、政権にしがみついて離れない政治家か。

CHARACTER NAME

ジュリエット

『ロミオとジュリエット』

世間知ってる度 ★
愛する力 ★★★★★
勇敢さ ★★★★

恋に生き、すべてを捧げる14歳

解説

あと2週間で14歳、瞳は泉のように潤い、いまだ世間を知らない貴族の娘。良い教育を受け、親の言いつけを守る従順な子だったが、ロミオに出会った瞬間恋に落ちる。愛してはいけない人でも、この人と決めたら親が何と言おうとテコでも動かず、恋に突っ走る爆発的エネルギーを持つ。

CHARACTER NAME

リチャード三世

『リチャード三世』

ナルシスト度　★★★★★
スマイル　★★★★★
ワル度　★★★★★

人殺しは朝飯前。魅力的なワル

解説

醜く、不自由な身体を持つ三男坊。カッコいい兄が王となり、自分は王になれない絶望から、悪党として生きようと決意。口が達者で、持ち前の話術を駆使し、なりふり構わず人を欺く、罵詈雑言を吐く、時には人殺しも厭わない。特技は笑顔で人を殺せること。あらゆる悪事を働いても、その悪の魅力にファン多数。

CHARACTER NAME

ポーシャ

『ヴェニスの商人』

財産　∞
おてんば　★★★
モテ度　★★★★★

男たちを手玉にとる男装のキレ者

解説

世界一の金持ちの娘。美しく、男たちが言い寄ってくるが、亡父の遺言で箱選びの試験を乗り越えた人としか結婚はできない。やがて結婚したバサーニオのためには贅を尽くして大判振る舞い。夫の友人を救うべく、男装して裁判に乗り込み、男たちを手玉にとりながら思い通りの判決を下す。おちゃめであり、キレ者でもある。

CHARACTER NAME

マクベス夫人

『マクベス』

出世欲 ★★★★

自信 ★

夫への愛 ★★★★★

権力のためなら何でもする行動派

解説

武将マクベスの妻。愛する夫の出世のため、夫に「王を殺しなさい」と進言する。権力を手に入れるためなら悪魔にとりつかれたように目の色が変わる。行動力抜群で、やる気のない人が嫌い。理想を追求すると同時にリアリストでもあり、自らの犯した罪にさいなまれて眠れなくなり、夢遊病となる。

CHARACTER NAME

ハムレット

『ハムレット』

うじうじ度 ★★★★★

使命感 ★★★★

行動力 ★

人間とは？悩み続けるつぶやき王子

解説

お金持ちの王子、勉強もスポーツもできる文武両道。将来有望で期待されていたが、父が死に、大嫌いな叔父と母親が再婚したのを機に、この世界とは、人間とは何かを考え始め、独り言をつぶやき続ける人間に。父を殺した犯人をつきとめるため、表向きは明るい道化を演じながら真実を追求するが、周囲を悲劇に陥れてしまう……。

CHARACTER NAME

タモーラ

『タイタス・アンドロニカス』

戦闘力 ★★★★★
子への愛情 ★★★★★
残忍さ ★★★★★

復讐の鬼と化した悲劇の女王

解説

一国の女王。子を寵愛し、息子たちが望むなら非道なことでも許す。敵国に捕虜として連れられ、長男を殺されてからは復讐の鬼と化す。相手の皇帝が一目ぼれするほどの美貌を使いつつ敵の陣営に乗り込み、最後は自分の息子たちで作られたパイを食べる、という衝撃的な結末を迎える。服が好き、歌が好き、派手なもの好き。

CHARACTER NAME

パック

『夏の夜の夢』

ユーモア ★★★
早とちり度 ★★★★★
運 ★★★★★

あわてんぼうのイタズラ好き妖精

解説

妖精の国のイタズラ好きな人気者。盛り上げ上手だがそそっかしい。返事は良いがあまり話を聞いておらず、たいてい言われたことの逆をやる。しかしラッキーなことにいつも良い結果に着地する。特技はモノマネと、40分で地球を一周すること。あなたのまわりで変なことが起きたら、それはパックのしわざです。

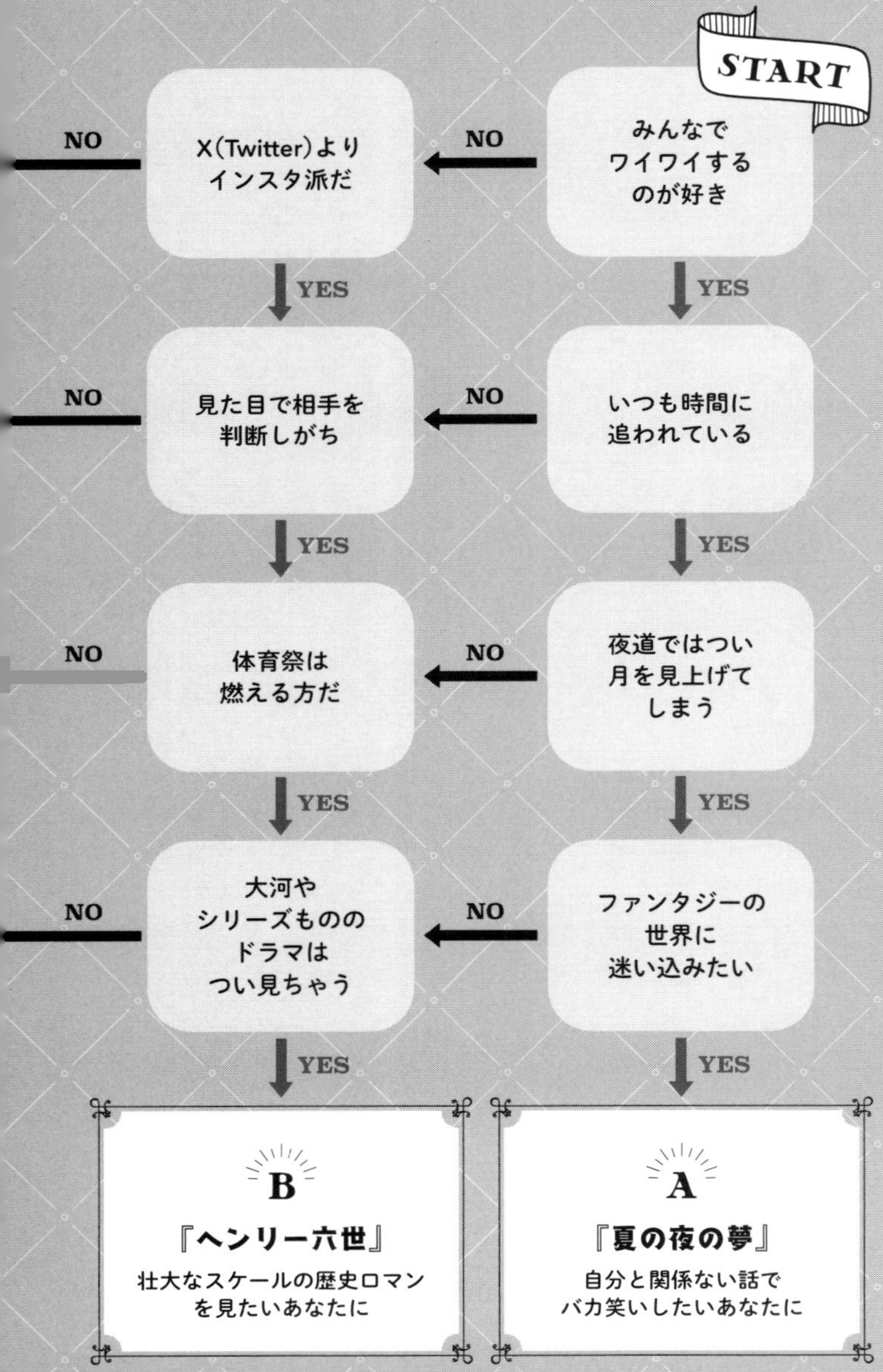
START
みんなでワイワイするのが好き
NO
X(Twitter)よりインスタ派だ
NO
YES
いつも時間に追われている
NO
YES
見た目で相手を判断しがち
NO
YES
夜道ではつい月を見上げてしまう
NO
YES
体育祭は燃える方だ
NO
YES
ファンタジーの世界に迷い込みたい
NO
YES
大河やシリーズもののドラマはつい見ちゃう
NO
YES
A
『夏の夜の夢』
自分と関係ない話でバカ笑いしたいあなたに
YES
B
『ヘンリー六世』
壮大なスケールの歴史ロマンを見たいあなたに

先のことを
考えるのが
苦手だ

NO → 死について
考えたことは
まだない

YES ↓

人の意見は
聞かない
方だ

NO → お金は
コツコツためる
タイプだ

YES ↓

惚れっぽい
性格だと
思う

NO → 自分が
信じることは
曲げては
いけない

YES ↓

奇跡は
あると
信じたい

NO → 愛があれば
人生
何もいらない！

YES ↓

C
『冬物語』
奇跡的なラスト、
感動体験をしたい
あなたに

D
『ロミオと
ジュリエット』
つっぱしる恋を
したい、キラキラした
心のあなたに

E
『ハムレット』
自分を見つめ直したい
悩めるあなたに

F
『ヴェニスの商人』
恋あり、裁判あり、笑いあり、
わくわく系が好きなあなたに

G
『ジュリアス・シーザー』
骨太な政治ドラマ、駆け引き、
サスペンスを見たいあなたに

H
『リチャード三世』
不条理なことに憤っていて、
うっぷんを晴らしたい
あなたに

A … 夏の夜の夢

現実世界の悩みが
ふっとぶファンタジー

仕事や人間関係、SNSで疲れているあなたには『夏の夜の夢』がぴったり！　舞台はアテネ。空想の世界で、４人の恋する者たちが社会をかなぐり捨てて森へ行くと、そこでは妖精たちがワイワイガヤガヤ。妖精パックが星空の下を駆け回り、ロバ頭になったおじさんと妖精の女王が恋に落ち、恋の魔法でシッチャカメッチャカに！　なのに最後は大団円。観終わった後には現実世界の疲れやモヤモヤも全部解決してるかも？

ALSO RECOMMENDED

こちらもオススメ！

間違いの喜劇

仕事やプライベートでミスしてがっくり……。そんなあなたには間違いに間違いが続いてオールハッピーになるこのお話を。全く同じ顔の2組の双子が生き別れ、20年後、彼らが同時に現れて街は大混乱に！　最後には離散した家族が再開し感動のフィナーレ。

十二夜

男装したヴァイオラが公爵に一目惚れ。その男装した彼女に令嬢オリヴィアが一目惚れ。ドタバタで、ちょっと切ない恋愛喜劇。

B … ヘンリー六世

「シェイクスピア」が
ぜんぶつまった歴史ロマン

シェイクスピアの世界にどっぷりつかるならこれ！　薔薇戦争を背景に繰り広げられる、赤バラ・白バラの壮大な戦い。なよなよした王・ヘンリー六世率いるランカスター家の運命やいかに。数多いる登場人物の中でも推しキャラはマーガレット。ロミジュリみたいな恋をして、マクベス夫人のような権謀術数をめぐらせ、やがて大軍を率いる将軍に。一人の女性の成長記としても抜群に面白い。デビュー作にして、シェイクスピアのぜんぶがつまってます。

ALSO RECOMMENDED

こちらもオススメ！

マクベス

初めてシェイクスピアを読むならこちら。激しい妻と妖しい魔女たちに突き動かされ、武将マクベスの手は血で染まっていく。息もつかせぬ展開で、果てには森が動き出す。メタファーに満ちた世界観が楽しめる。この作品を読むかどうかで人生は変わる。

ヘンリー四世

放蕩息子のハル王子は、居酒屋に入り浸ってほら吹き騎士とヤンチャするが、やがて自身の役割に目覚め……。最高に泣ける成長物語。

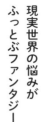

C… 冬物語

ミラクルなラストに人生を肯定したくなる

自分の国を訪ねてきてくれた、国王の親友。だが彼をもてなそうとした妻を見て、王は嫉妬に駆られてしまう。愛情深い妻を自ら裁判にかけてしまう王が引き起こした悲劇……かと思いきや、想像を超えるミラクルなラストが。私たちの世界はどんな困難にあっても必ず幸せにつながっている。最後まで信じて生きよう、と自分の人生を肯定したくなる作品。これこそ演劇！な作品なので、もし上演されたらぜひ観に行ってください！

ALSO RECOMMENDED

こちらもオススメ！

ペリクリーズ

家族に起きる過酷な運命と快復を描く、万華鏡のような物語。見どころは、主人公の娘が娼婦に売られてしまうが、嫌な客たちをそのことばで改心させていく場面。どんなどん底にも希望やユーモアはある、世界は奇跡にあふれていると気づかせてくれるファンタジー。

テンペスト

島流しにあったプロスペローは、魔法の力を手に入れた！夢のようなシーンが次々広がる、ことばの魔術師シェイクスピア最後の作品。

D… ロミオとジュリエット

自分の中のロミジュリに出会える

思い一筋で駆け抜ける、そんな14歳に戻るならこの作品！　とにかくキュートな二人、そしてあなた自身の中にあるロミオとジュリエットに出会える。あなたが大人なら、社会の中で決断する大人たちの姿が身に沁みる。しがらみの中で突っ走るエネルギーと、同時にはかないその運命。愛のことばのシャワーを浴び、観終わったあとに恋したくなる作品です。

ALSO RECOMMENDED

こちらもオススメ！

お気に召すまま

自分の身分と性別までも隠し、知らないうちに好きな人同士で口説き合う──！？　そのすれ違いも含めて楽しい、アーデンの森を舞台に恋人たちが繰り広げる恋愛喜劇。日々あくせくと生きている世界から距離を置いて、とにかくいいお芝居に浸れる作品。

じゃじゃ馬馴らし

おてんば娘を「調教」するという物語で、金や名誉や女性を求める男を笑いものにする。上演者の力量も問われ、それがまた面白い。

E…ハムレット

人生の節目ごとに観返したい代表作

壁にぶつかり、迷い、身動きが取れなくなる。人生でそんな局面に当たったら、その度ごとにこの作品を観返し／読み返したい。自分の生きている世界はこれでいいのか、疑問を持ったハムレット王子は、見るもの、出会う人すべてにおびえながらも自問自答を続ける。彼はその過程で思考を重ね、自分自身を深めていく。観客はさながら鏡のようにハムレットの悩みを追体験し、ともに自分自身を見つめ直す旅に出る。シェイクスピアの代表作であり「今」の作品。

ALSO RECOMMENDED

こちらもオススメ！

リア王

人間に生まれてきたなら一度は観たい、シェイクスピアの最高峰。娘たちの愛を試した結果、リア王はどん底まで落ちぶれ、一方頭の切れる若者はのし上がっていく。人生の上昇と下降が同時に描かれ、観終わった後は「感じたこと」を語り合いたくてうずうずする！

アテネのタイモン

お金で人はこんなに変わるのか。主人公の栄光と没落を通して人間のイヤ〜な部分が暴き出される、アイロニーにあふれた作品。

F…ヴェニスの商人

社会人にオススメ！先の読めないエンタメ劇

一見堅実に見える金貸しシャイロックと、思い切った投資をする商人アントーニオ。双方の価値観がぶつかるお話と、箱選びによって結婚相手を決めるという2つの話が絡み合う、多層的な物語。わが身をかけた投資と、将来を占う箱選びが行きつく先は……。次々巻き起こる「なんだこれは？」の展開に驚き笑いつつも、自分の価値観を確かめられるリトマス試験紙のような作品。仕事をしている人には絶対おすすめです。

ALSO RECOMMENDED

こちらもオススメ！

ヴェローナの二紳士

シェイクスピアがテクニックを身につける前のみずみずしさが味わえる初期作品。恋愛リアリティショーのように三角関係など恋愛や人間関係の「あるある」をいっぱい詰め込み、話は二転三転、最後は大どんでん返しの、おもちゃ箱のようなエンタメ作。

から騒ぎ

機知に富むことばのやり取りで恋が実現していく、2組の男女のちょっとお茶目な恋愛劇。大人のカップルにおすすめ。

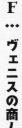

G ‥ ジュリアス・シーザー

手に汗握る駆け引きにドキドキ！上質なサスペンス

「お前もか、ブルータス?」。手に汗握る駆け引きを見たいならこちら。カリスマ的なリーダーが民衆を動かすべきか、みなで話し合い進めるべきか、いまだ答えの出ないテーマを描くと同時に、誰しもが持つ愛、友情、恩義といった個人の思いも描く、大人の上質なサスペンス。シーザー、ブルータスなど魅力的な登場人物は数多く、本書でも紹介したアントニーの演説は、いかにことばで人を説得し、動かすかという勉強にもなる。

ALSO RECOMMENDED

こちらもオススメ！

ヘンリー五世

『ヘンリー四世』のハル王子が、王(ヘンリー五世)になったところから始まる。舞台は対フランスの百年戦争。毅然さと残酷さを併せ持つ、一国を率いるリーダーに成長したヘンリー五世。戦争そのものではなく、その中における人間模様を描き出す。

コリオレイナス

シェイクスピア最後の悲劇。市民との緊張関係、母と子の関係の間で常に選択を迫られる将軍コリオレイナスの決断が見どころ。

H ‥ リチャード三世

とんでもない悪《ワル》の人生から逆に生きる力が湧いてくる！

「いい人」に疲れたら読んでください。コンプレックスの塊のリチャード三世が、王になるという夢を実現させるため、殺人でも裏切りでも何だってやってしまう。誰しもが心の奥に持つ負の感情、不条理な思いを見事にことばで表現し、リチャード三世の生き様として描き出す。悪事に手を染めるドキドキを、この作品なら自分の手を汚さずに経験できてしまう。自分がリチャード三世なら、と考えながら観るとなお面白い。

ALSO RECOMMENDED

こちらもオススメ！

オセロー

人間関係がうまくいかなくなるのは、多くの場合、嫉妬が原因。将軍オセローはなぜ自分を副官にしてくれなかったのか……そんなイアゴーの嫉妬が悲劇の始まりだった。イアゴーのことばによって身を滅ぼしてしまう、オセローの心の機微に注目。

タイタス・アンドロニカス

目を背けたくなるシーンばかりだが、ぜひ心では向き合ってみてください。自分の中の孤独と悲しみを肯定してくれる悲劇。

エピローグ

みなさんは、五幕に分かれたシェイクスピアの旅から見事に帰還しました。舞台であれば、お一人おひとり舞台に上げてカーテンコールを行いたいくらいです。

シェイクスピアの旅を共にしたみなさんならわかると思いますが、シェイクスピアと向き合うのは「正解」を探す作業でも、「わかった！」と膝を打つことでもなく、次から次に起こる問題を楽しみながら遊び続けることです。その結果、人間への理解が深まり、世界を見渡す視野が広がります。

シェイクスピアが描いたのは、一見、私たちの生きる現代の世界とは異なるシチュエーションのようで、実は人間がいつの時代も直面する出来事ばかりです。

そこで最後に、シェイクスピアの旅を終えたみなさんと、ある問題を分かち合いたいと思います。それは、ＡＩや戦争、人口の変化や気候変動など、**シェイクスピアが生きた時代と同じような大転換期にある今、私たち一人ひとりは何を大切に生きていけばい**

いだろうかという問題です。

本書において取り上げたシェイクスピアの5つの章は、これからの時代を楽しく生きるために最も重要な要素として選びました。この時代に人類が大切にするといいことが、実はそっくりそのままシェイクスピアの中に入っているんです。

「ことば」は、AIで簡単にことばを量産できる今、自分のことば――感情や熱を帯びた、人の心を動かすことばを紡ぎだせることがますます重要度を増してきています。

あるいは、さまざまな個性豊かなキャラクターたちが躍動する、展開の予想できないシェイクスピアの**「ストーリー」**は、ほんの少し先の未来さえ予測がつきづらく、多様な背景を持つ人々と共存していく必要のある現代において、どんな状況にもグラつかないタフな心を培ってくれます。

「PLAY」は特に重要です。私たちの声や手足、体をフルに使って遊び、表現することは、バーチャルな世界では実感できない、人間の面白さを体で感じさせてくれます。

もう一つの地球をつくる**「演出」**の考え方を手に入れれば、未来にどのような世界をつくっていこうか、ワクワクしながら自分なりのビジョンをはぐくむことができます。

そして、シェイクスピアがいかにカオスな世界を生き抜き、そこから得たことを作品に描いたか、**「タイムトラベル」**して歴史を学ぶことは、私たちがどのようにこれからを生きればいいか、羅針盤の役割を果たしてくれるでしょう。

14歳の私たちがシェイクスピアを読み、観ることで得られるものは、単なる知識でも表面的な教養でもなく、**現在と未来を楽しく生きるための武器**なのです。誰も傷つけることのない、世界をより面白くする、未来を生き抜いていくための武器です。時代が混迷を極め、大きく変化すればするほど、シェイクスピアは本領を発揮します。

最後に、『マクベス』のトゥモロー・スピーチで本書の幕を閉じましょう。松岡和子さんとの対談「翻訳の時間」でも触れられた、シェイクスピアからの時空を超えた宿題とも言えるようなことばです。

明日《あした》へ、また明日へ、また明日へ、
とぼとぼと小刻みにその日その日の歩みを進め、
歴史の記述の最後の一言にたどり着く。
すべての昨日は、愚かな人間が土に還る
死への道を照らしてきた。消えろ、消えろ、束の間の灯火！
人生はたかが歩く影、哀れな役者だ、
出場のあいだは舞台で大見得を切っても

袖へ入ればそれきりだ。
白痴のしゃべる物語、たけり狂うわめき声ばかり、
筋の通った意味などない。

（『マクベス』第五幕第五場）

「明日」は、経験したことのない新しい歴史の一ページです。楽しいことも、経験したくないことも起こるでしょう。そんな明日へ、私たちは否が応でも進みます。

いま歴史の最先端にいる私たちは、何を大切に、明日を生きていきましょうか？

人生それ自体に「筋の通った意味などない」としても、いや何の意味もないからこそ、自分なりの「読み」を徹底的に深め、徹底的に〝ＰＬＡＹ〟していいのかもしれません。

『マクベス』のことばをどう解釈するかに正解はありません。

どう読むか、どう感じとるか。

どう表現し、どう演出するか。

それはあなた次第です。

ぜひ、ことばを思う存分「シェイク」し、

自分の見つけたカクシンを「スピア」してください。

ここまで五感を通してシェイクスピアのことばを浴びてきた14歳のみなさんは、豊かな感受性で、**生きることそのものを楽しむ力**を知らず知らずのうちに身につけています。シェイクスピアと出会う前と後とでは、人生の質量が決定的に違ってきます。いくつになっても、自信を持って未来への旅を歩んでいきましょう。

さあ、シェイクスピアは、心強い友だちになってくれました。最高の友と、頼もしい自分とともに、明日《あした》へ、幕が開こうとしています。

謝辞

本書の執筆に関しまして、多くの方々のお世話になりました。先達の導きなくして今の私はありません。英文学者・大橋洋一先生、演出家・故出口典雄先生、ベンチャーキャピタリスト・村口和孝さん、俳優・演出家・栗田芳宏さん、そして翻訳家・松岡和子さんには多くの教えを頂きました。

本書は、「ほぼ日の学校」シェイクスピア講座での出会いを通じて企画されました。ほぼ日代表の糸井重里さん、講師に私を抜擢してくださいました河野通和さんのおかげです。この場を借りてお世話になった全ての皆様に厚く御礼申し上げます。また、私は演劇作品をつくることでシェイクスピアを探求してまいりました。カクシンハンの活動を通じて出会ったすべての観客の皆様、そして創作活動を共にした全ての俳優・スタッフたち、カクシンハンという場を共に作り上げてきた運営スタッフたちにはどれだけ感謝しても感謝しきれません。本当に、本当に大変な旅を有難うございます。最後に本書は編集者の出来幸介さんと二人三脚で作り上げました。長い間じっくりと向き合ってくださり有難うございます。シェイクスピアの旅を応援してくれる妻、そしていずれ14歳になる息子に本書を捧げます。

木《き》村《むら》龍《りゅう》之《の》介《すけ》

1983年生まれ。東京大学文学部でシェイクスピアを研究。在学中からプロフェッショナルな現場で俳優・演出を学び、2012年に「カクシンハン」を立ち上げる。『ハムレット』『夏の夜の夢』『リア王』『オセロー』『タイタス・アンドロニカス』『リチャード三世』『マクベス』など、多数のシェイクスピア作品の演出を手がける。外部プロデュース作品での演出・潤色にも積極的に携わっており、同時代のエンターテインメントとしてシェイクスピアをアップデートしている。演劇教育や一般向けのワークショップも多数開催し、誰でも通える「演劇の学校」を運営する。近年の演出作品に『シン・タイタス』など。海外にも活動の幅を広げている。

X：@ryunosuke_kimur

14歳《さい》のためのシェイクスピア

2024年 9月15日 第1刷発行
2025年 1月20日 第3刷発行

著者 木《き》村《むら》龍《りゅう》之《の》介《すけ》
発行者 佐藤 靖
発行所 大和《だいわ》書房
東京都文京区関口1-33-4
電話 03-3203-4511

ブックデザイン APRON（植草可純、前田歩来）
イラスト 川原瑞丸
英語監修 岩崎MARK雄大
DTP マーリンクレイン
校正 円水社
編集 出来幸介
本文印刷 光邦
カバー印刷 歩プロセス
製本 小泉製本

©2024 Ryunosuke Kimura Printed in Japan
ISBN978-4-479-39437-2
乱丁・落丁本はお取り替えいたします。
https://www.daiwashobo.co.jp